Von Arthur C. Clarke
erschienen in der ALLGEMEINEN REIHE:

Rendezvous mit 3/439 · 01/5370
Odyssee 2010 · 01/6680
Das Lied der fernen Erde · 01/6813
Profile der Zukunft · 01/7240
2061 Odyssee III · 01/7709
Aus einem anderen Jahrtausend · 01/8387
Rendezvous · 01/8187
Wiege der Zukunft · 01/7887

In der Reihe HEYNE SCIENCE FICTION & FANATSY:

Komet der Blindheit · 06/3239
2001 — Odyssee im Weltraum · 06/3259
Makenzie kehrt zur Erde heim · 06/3645
Geschichten aus dem Weißen Hirschen · 06/4055

ARTHUR C. CLARKE

DIESSEITS DER DÄMMERUNG

Aus dem Englischen übersetzt
von Walter Brumm

Roman

Deutsche Erstausgabe

WILHELM HEYNE VERLAG
MÜNCHEN

HEYNE ALLGEMEINE REIHE
Nr. 01/8789

Titel der Originalausgabe
AGAINST THE FALL OF NIGHT
erschienen 1991 by Victor Gollancz, London

Redaktion: Inge Schneider-Obeltshausen

Printed in France 1993
Umschlagillustration: David Farren
Umschlaggestaltung: Atelier Ingrid Schütz, München
Satz: Prechtl, Passau
Druck und Bindung: Brodard & Taupin

ISBN 3-453-06429-1

Für Mark Martin und David Brin,
denen ich für ihre zündenden Ideen,
anregenden Gespräche und ihre
Freundschaft danke.

G.B.

Vorwort

Es ist jetzt mehr als ein halbes Jahrhundert her, seit *Against the Fall of Night* das Licht der Welt erblickte, und doch ist mir der Augenblick der Eingebung noch klar im Gedächtnis. Wie aus dem Nichts erschien plötzlich das Eröffnungsbild vor meinem inneren Auge. Es war so anschaulich, daß ich es sofort niederschrieb, obwohl ich zu der Zeit keine Ahnung hatte, daß ich es jemals weiterentwickeln würde.

Das muß um 1936 gewesen sein, und bis Ende 1940, als ich mit meinen Kollegen von Finanzministerium und Rechnungshof aus London in die walisische Kleinstadt Colwyn Bay evakuiert wurde, hatte ich mehrere Entwürfe zu Papier gebracht. Hier vollendete ich eine 15 000 Worte umfassende Version, war aber für die nächsten fünf Jahre mit anderen Angelegenheiten beschäftigt (siehe *Glide Path*). Erst im August 1945 begann ich wieder mit der Arbeit daran: ob es geschah, bevor oder nachdem Hiroshima die Welt veränderte, kann ich heute nicht mehr sagen.

Die erste vollständige Fassung war im Januar 1946 fertig und wurde prompt John Campbell zur Veröffentlichung in *Astounding Stories* eingesandt. Er ließ sich drei Monate Zeit, das Manuskript abzulehnen. Als ich den Schluß umgeschrieben hatte, reichte ich es im Juli 1946 wieder ein. Campbell brauchte noch einmal drei Monate, um auch die zweite Version abzulehnen.

Nach dieser Erfahrung schickte ich das Manuskript meinem neuen Agenten, Scott Meredith, der es an *Startling Stories* verkaufte, wo die Geschichte im November 1948 erschien. Im September 1949 wurde sie von Gnome Press zur Buchveröffentlichung angenommen und erschien als hübsche, gebundene Ausgabe mit einem Schutzumschlag von einem vielversprechenden neuen Künstler namens Kelly Freas. (Es muß einer von Kellys frühesten Aufträgen gewesen sein; ich kann nur hoffen, daß er dafür bezahlt worden ist!).

Weil es mein Erstlingswerk war, nahm *Against the Fall of Night* immer einen besonderen Platz in meinem Herzen ein, doch war ich nie ganz zufrieden damit. Die Gelegenheit zu einer vollständigen Überarbeitung ergab sich während einer langen Seereise von England nach Australien, als ich mich mit Mike Wilson zusammentat und eine Unterwasserexpedition zum Großen Barriereriff unternahm (siehe *The Coast of Coral).* Die wesentlich umfangreichere und gründlich umgearbeitete Fassung des Romans wurde in Queensland zwischen Exkursionen zum Riff und den Perlmuschelgründen der Torres-Straße fertiggestellt. Sie wurde 1956 mit dem Titel *The City and the Stars* von Harcourt, Brace & World veröffentlicht und hat seither eine ganze Reihe von Neuauflagen erlebt.

Zu der Zeit nahm ich an, daß die neue Fassung die ursprüngliche Version gänzlich verdrängen würde, aber *Against the Fall of Night* zeigte keinerlei Neigung zu vergehen; zu meinem Verdruß zogen manche Leser sie sogar ihrer Nachfolgerin vor, und sie ist inzwischen mehrmals als Taschenbuch wieder aufgelegt worden (Pyramid Books, 1960; Jove, 1978), außerdem erschien sie in dem Band *The Lion of Comarre* and *Against the Fall of Night* (Harcourt, Brace & World; Victor Gollancz, 1970). Eines Tages möchte ich eine Umfrage veranstalten, um zu erfahren, welches die beliebtere Fassung ist; den Versuch zu entscheiden, welches die bessere ist, habe ich aufgegeben.

Die Suche nach einem Titel dauerte beinahe so lang wie die Niederschrift. Ich fand ihn schließlich in einem Gedicht von A.E. Housman, das mich auch zu der Kurzgeschichte *Transience* inspirierte:

Was soll ich tun oder schreiben
Gegen das Herabsinken der Nacht?

Auch der Name meines Helden, Alvin, bereitete mir viel Kopfschmerzen, und ich kann mich nicht erinnern, wann oder warum ich mich für ihn entschieden habe. Es war mir nicht klar, daß er, zumindest für amerikanische Leser, eine gewisse humoristische Note hatte, weil er an eine wohlbekannte Comic-Heft-Figur erinnerte. Viele Jahre später bekam der Name jedoch zwei für mich besonders wichtige Assoziationen. Das Tiefseetauchboot *Alvin* brachte Ballard und seine Gefährten zum Wrack der *Titanic,* als es 1986 am Meeresgrund entdeckt wurde. Die Tragödie dieses Schiffsunterganges hat mich mein Leben lang verfolgt, obwohl sie sich fünf Jahre vor meiner Geburt ereignet hat. Sie liegt der ersten Geschichte zugrunde, die ich je verfaßt habe, ein glücklicherweise längst verschollenes Epos mit dem Titel »Eisberge des Weltraums«. Ich verarbeitete sie auch im Roman *Imperial Earth* (1975), und sie ist Gegenstand eines Buches, das mich jetzt bereits seit mehreren Jahren beschäftigt.

Vielleicht noch seltsamer ist, daß der Name des Tauchbootes *Alvin* von dem seines Chefkonstrukteurs Allyn C. Vine abgeleitet ist. Und Vine war einer der Autoren des berühmten Artikels in der Zeitschrift *Science (151* 682-683, 1966), der die Konstruktion des

Raumaufzuges vorschlug — der Gegenstand meines Romans *The Fountains of Paradise* (1979) wurde. Also hatte der Name Alvin mehr Macht, als ich mir Ende der 30er Jahre hatte träumen lassen, und ich bin glücklich über die Wahl.

Als der Vorschlag gemacht wurde, Gregory Benford solle eine Fortsetzung der Geschichte schreiben, war ich von der Idee sofort angetan, weil ich Gregs schriftstellerische Arbeit — besonders seinen bemerkenswerten Roman *Great Sky River* — seit langem bewundert hatte. Überdies hatte ich ihn kurz zuvor im Hauptquartier der NASA kennengelernt; als Professor für Astrophysik an der University of California in Irvine gehört er zum technischen Beraterstab der NASA.

Ich habe seine Fortsetzung jetzt mit großem Vergnügen gelesen, denn sie war für mich — wie sie es für Sie sein wird — eine Entdeckungsreise. Ich hatte keine Ahnung, wie er die Themen und Charaktere entwickeln würde, die ich vor so langer Zeit aufgegeben hatte. Besonders interessant ist es zu sehen, wie einige der Begriffe dieser ein halbes Jahrhundert alten Geschichte heute im Vordergrund moderner Wissenschaft stehen: Besonders gut gefällt mir die »Schwarze Sonne«, die eine offensichtliche Beschreibung der heute äußerst populären Schwarzen Löcher ist.

Mehr will ich über Gregs Version — oder meine eigene — nicht sagen. Ich überlasse es Ihnen, sich beider zu erfreuen.

Zuvor aber noch eine Bemerkung. Während wir uns über die Fortsetzung von *Against the Fall of Night* einigten, kam es zu dem merkwürdigen Zufall, daß der ausgezeichnete australische SF-Schriftsteller Damien Broderick *(The Dreaming Dragons)* sich mit der Frage an mich wandte, ob er eine Fortsetzung zu *The City aand the Stars* schreiben könne! Angesichts des gerade mit Greg besprochenen Projekts lehnte ich mit Bedauern ab — aber vielleicht im nächsten Jahrzehnt . . .

Arthur C. Clarke
Colombo, Sri Lanka
29. Mai 1989

Prolog

Nicht ein einziges Mal seit Generationen veränderte sich die Stimme der Stadt, wie sie sich jetzt verändert hatte. Sie hatte nie versagt über die Zeitalter hinweg, Tag und Nacht. Für ungezählte Menschen war sie der erste und der letzte Ton gewesen, den sie gehört hatten. Sie war ein Teil der Stadt: Wenn sie verstummte, würde die Stadt tot sein, und der Wüstensand würde die breiten Straßen von Diaspar verwehen.

Selbst hier, achthundert Meter über dem Erdboden, lockte die plötzliche Stille Convar auf den Balkon hinaus. Tief unter ihm waren die Rollsteige zwischen den großen Gebäuden noch immer in Bewegung, aber nun beförderten sie stumme Menschenmengen. Etwas hatte die trägen Bewohner der Stadt aus ihren Wohnungen gelockt: Zu Tausenden glitten sie langsam zwischen den Kliffs aus farbigem Metall dahin. Und dann sah Convar, daß all diese Myriaden von Gesichtern himmelwärts gewandt waren.

Einen Augenblick lang beschlich Furcht seine Seele — Furcht, daß nach all diesen Zeitaltern die Invasoren wieder zur Erde gekommen seien. Dann starrte auch er zum Himmel hinauf, bezaubert von einem Wunder, das wiederzusehen er nie gehofft hatte. Viele Minuten blickte er hinauf, bevor er ging, seinen kleinen Sohn zu holen.

Das Kind Alvin ängstigte sich zuerst. Die ragenden Türme der Stadt, die kleinen Punkte der Menschen tief unter ihm — diese Dinge waren Teil seiner Welt, aber die Erscheinung am Himmel war jenseits seiner

Erfahrungen. Sie war größer als irgendeines der Häuser der Stadt, und ihr Weiß war so blendend, daß es in den Augen schmerzte. Obwohl sie fest und keine Sinnestäuschung zu sein schien, veränderte der rastlose Wind ihre Umrisse, während Alvin sie beobachtete.

Alvin wußte, daß der Himmel früher einmal von seltsamen Dingen belebt gewesen war. Aus dem Weltraum waren die großen Schiffe mit unbekannten Schätzen gekommen, die sie auf dem Flughafen von Diaspar ausgeladen hatten. Aber das war vor einer halben Milliarde Jahren gewesen: Schon vor dem Beginn der Geschichte war der Flughafen vom Treibsand begraben.

Convars Stimme klang bekümmert, als er zu sprechen begann.

»Schau sie dir gut an, Alvin«, sagte er. »Es mag die letzte sein, die man auf Erden zu Gesicht bekommt. Ich habe in meinem Leben außer dieser nur eine gesehen, und in alter Zeit soll der Himmel voll von ihnen gewesen sein.«

Stumm beobachteten sie, und mit ihnen die Tausende auf den Straßen und in den Turmhäusern von Diaspar, bis sich die letzte Wolke aufgelöst hatte, ausgesogen von der heißen, ausgedörrten Luft der Wüste.

1

Das Gefängnis von Diaspar

Die Lektion war beendet. Das schläfrige Flüstern des Hypnons ging unvermittelt eine Tonlage höher und verstummte mit einem dreimal wiederholten Befehlston. Dann verschwamm die Maschine vor seinen Augen und schien sich aufzulösen. Aber Alvin starrte weiter ins Leere, ohne sie oder etwas anderes zu sehen, immer noch auf der Rückkehr durch die Zeitalter in die Realität seiner Gegenwart.

Jeserac wartete; als er sprach, war seine Stimme besorgt und ein wenig unsicher.

»Das sind die ältesten Aufzeichnungen der Welt, Alvin — die einzigen, die unsere Erde zeigen, wie sie war, bevor die Eindringlinge kamen. Nur sehr wenige Menschen haben diese Aufzeichnungen gesehen.«

Langsam wandte sich der Junge seinem Lehrer zu. Etwas in seinem Blick bereitete dem alten Mann Sorgen, und wieder bedauerte Jeserac seine Handlungsweise. Er begann schnell zu sprechen, als versuche er, sein eigenes Gewissen zu beruhigen.

»Du weißt, daß wir nie über die alten Zeiten sprechen, und ich zeigte dir diese Aufzeichnung nur, weil du so begierig warst, sie zu sehen. Laß dich von ihnen nicht in Aufregung versetzen: Solange wir glücklich sind, spielt es doch keine Rolle, wieviel dieser Welt uns zur Verfügung steht. Die Leute, die du gesehen hast, hatten mehr Raum, aber sie waren weniger zufrieden als wir.«

Alvin fragte sich, ob das der Wahrheit entsprach. Er dachte wieder an die Wüste, die Diaspar umgab wie das Meer eine Insel, und wie von selbst kehrten seine Gedanken zurück zu der Welt, die die Erde einmal gewesen war. In seiner Vorstellung sah er die endlosen, blauen Wasserflächen, größer als das Land, deren Wellen sich an goldenen Stränden brachen. Noch immer dröhnte ihm das Donnern der Brecher in den Ohren, das seit tausend Millionen Jahren verstummt war. Und er erinnerte sich an die Wälder und Grasfluren, und an die seltsamen Tiere, die früher einmal die Welt mit dem Menschen geteilt hatten.

Dies alles war verschwunden. Von den Ozeanen zeugten nur noch die endlosen grauweißen Salzwüsten, die Leichentücher der Erde. Salz und Sand von Pol zu Pol, und nur die Lichter von Diaspar brannten in der Wildnis, die sie eines Tages überwältigen mußte.

Und dies war nicht alles, was der Mensch verloren hatte, denn über der öden Verlassenheit schienen noch die vergessenen Sterne.

»Ich ging einmal zum Turm von Loranne«, sagte Alvin schließlich. »Dort wohnt niemand mehr, und ich konnte über die Wüste hinausblicken. Es war dunkel, und der Erdboden war nicht zu sehen, aber der Himmel war voll von Lichtern. Ich beobachtete sie lange, aber sie bewegten sich nicht. Das waren die Sterne, nicht wahr?«

Jeserac war bestürzt. Wie Alvin zum Turm von Loranne gekommen war, bedurfte einer Nachforschung. Die Neugier und die Interessen des Jungen wurden — gefährlich.

»Ja, das waren die Sterne«, antwortete er. »Und?«

»In den alten Zeiten besuchten wir sie, nicht wahr?«

Eine lange Pause. Dann nickte Jeserac. »Ja.«

»Warum hörten wir damit auf? Wer waren die Eindringlinge?«

Jeserac stand auf. Seine Antwort war wie das Echo aller Lehrer, die auf Erden gelebt und sich vorwitziger Fragen entzogen hatten.

»Das ist genug für heute, Alvin. Später, wenn du älter bist, werde ich dir mehr erzählen — aber nicht jetzt. Es würde dich nur verwirren. Du weißt schon viel zuviel.«

Alvin stellte die Frage nie wieder: Später brauchte er es nicht mehr zu tun, denn die Antwort war klar. Und in Diaspar gab es soviel Ablenkung und Zeitvertreib, daß er diese seltsame Sehnsucht, die er allein zu empfinden schien, monatelang vergessen konnte.

Diaspar war eine Welt in sich. Hier hatte die Menschheit all ihre Schätze zusammengetragen, alles, was aus den Ruinen der Vergangenheit gerettet worden war. Alle längst untergegangenen Städte hatten Diaspar etwas gegeben: Schon vor der Ankunft der Eindringlinge war ihr Name auf all den Welten bekannt gewesen, die der Menschheit verlorengegangen waren.

Nicht nur der Reichtum, auch alle Kunstfertigkeit und Kenntnisse des Goldenen Zeitalters waren in den Bau von Diaspar eingegangen. Als die Glanzzeit zu Ende gegangen war, hatten weitblickende und geniale Männer die Stadt umgeformt und ihr die Maschinen gegeben, die sie unsterblich machten. Was immer in Vergessenheit geraten mochte, Diaspar würde überleben und die Abkömmlinge der Menschheit sicher auf dem Strom der Zeit weitertragen.

Vielleicht waren sie ebenso zufrieden wie ihre fernen Vorfahren, die in und mit der Natur gelebt hatten, und auf ihre Weise mochten viele von ihnen glücklich sein, denn sie kannten nichts anderes als ihre Stadt. Sie verbrachten ihr langes Leben inmitten einer künstlichen Welt, deren Schönheit in ihren Augen unübertroffen war, denn die Arbeit von Millionen Jahrhunderten war auf die Vervollkommnung und den Ruhm Diaspars verwendet worden.

Dies war Alvins Welt, eine Welt, die seit undenklichen Zeiten in einen beinahe statischen Zustand sanfter Dekadenz abgesunken war. Davon aber wußte Alvin noch nichts, denn die Gegenwart war so voller Wunder, daß es leichtfiel, die Vergangenheit zu vergessen. Es gab so viel zu tun, so viel zu lernen, ehe die langen Jahrhunderte seiner Jugend verebbten.

Musik war die erste der Künste gewesen, die ihn angezogen hatte, und eine Zeitlang hatte er mit vielen Instrumenten experimentiert. Aber diese älteste aller Künste war durch ihre lange Geschichte so komplex geworden, daß es ihn tausend Jahre kosten mochte, all ihre Geheimnisse zu meistern, und am Ende verließ ihn der Ehrgeiz. Er konnte hören, er konnte verschiedene Instrumente spielen, aber er konnte nicht schöpferisch sein.

Lange Zeit erfreute er sich am Gedankenumformer. Auf seinem Bildschirm formte er endlose Muster von Formen und Farben, meistens Kopien der alten Meister. Immer häufiger ertappte er sich dabei, daß er Traumlandschaften aus der verschwundenen Welt der Frühzeit schuf, und oft gingen seine Gedanken sehnsüchtig zu den Aufzeichnungen, die Jeserac ihm gezeigt hatte. So brannte die schwelende Flamme seiner Unzufriedenheit langsam zur Bewußtseinsebene durch, obwohl er sich über die unbestimmte Ruhelosigkeit, die er oft verspürte, kaum Rechenschaft ablegte.

Aber mit den Monaten und Jahren wuchs diese Ruhelosigkeit. Hatte Alvin sich früher mit den Vergnügungen und Interessen zufrieden gegeben, die auf Diaspar beschränkt waren, so spürte er jetzt, daß sie nicht ausreichten. Sein Horizont weitete sich, und die

Erkenntnis, daß er sein ganzes Leben innerhalb der Mauern der Stadt würde verbringen müssen, wurde ihm unerträglich. Gleichwohl war ihm bewußt, daß es keine Alternative gab, denn die lebensfeindlichen Wüsten bedeckten die ganze Welt.

Er hatte die Wüste nur einige Male in seinem Leben gesehen, kannte aber niemanden, der sie sonst noch gesehen hatte. Die Furcht der Menschen vor der äußeren Welt war etwas, das er nicht verstehen konnte: Für ihn barg sie keine Schrecken, nur Geheimnisse. Wenn er, wie eben jetzt, der Stadt überdrüssig war, vernahm er den leisen, doch unüberhörbaren Ruf der äußeren Welt.

Die Rollsteige waren voller Leben und Farbe, als die Bewohner der Stadt ihren Beschäftigungen nachgingen. Sie lächelten Alvin zu, als er auf den mittleren, schnellsten Rollsteig überwechselte. Manche grüßten ihn und nannten seinen Namen: Früher war es für ihn schmeichelhaft, wenn er im ganzen Viertel bekannt war, jetzt aber verschaffte es ihm kein Vergnügen.

Innerhalb von Minuten hatte der Expreß-Rollsteig ihn aus dem stark belebten Stadtkern hinausgetragen, und als er ihn an einer langen Terrasse aus verschiedenfarbigem Marmor verließ, gab es da nur wenige Leute. Die Rollsteige waren so sehr ein Teil seines Lebens, daß Alvin sich gar kein anderes Transportmittel vorstellen konnte. Ein Ingenieur der alten Welt wäre wohl verrückt geworden, wenn er versucht hätte, das komplizierte System der einander kreuzenden und voneinander abzweigenden Rollsteige zu verstehen, die sich mit abgestuften Geschwindigkeiten bewegten und deren innere Expreßbahn hundert Meilen pro Stunde erreichte. Eines Tages mochte auch Alvin sich Gedanken darüber machen, einstweilen aber nahm er seine Umgebung so unkritisch hin wie alle anderen Bewohner von Diaspar.

Dieser Teil der Stadt war beinahe menschenleer. Obwohl die Bevölkerung von Diaspar seit Jahrtausenden fast unverändert geblieben war, hatte es sich eingebürgert, bestimmte Stadtviertel zu bevorzugen. Eines Tages würden die Gezeiten des Lebens wieder in diese Richtung strömen, aber die großen Turmhäuser standen seit hunderttausend Jahren nahezu leer.

Die Marmorterrasse führte zu einer Wand mit hell beleuchteten Tunnelöffnungen. Alvin entschied sich, ohne zu zögern, für die erstbeste und ging hinein. Sogleich erfaßte ihn das peristaltische Feld und beförderte ihn weiter, während er sich bequem zurücklehnte und seine Umgebung betrachtete.

Er konnte kaum glauben, daß er sich in einem Tunnel befand. Der Illusionsmalerei, die ganz Diaspar zu ihrer Leinwand gemacht hatte, war hier ein wahres Meisterstück gelungen, und Alvin hatte das Gefühl, unter freiem Himmel dahinzugleiten. Um ihn her glänzten die Türme der Stadt im Sonnenschein. Es war nicht die Stadt, wie er sie kannte, sondern das Diaspar eines viel früheren Zeitalters. Obwohl die meisten der großen Gebäude vertraut schienen, gab es feine Unterschiede, die das Interesse an der Wiedergabe weckten. Alvin hätte gern länger verweilt, aber er hatte nie eine Möglichkeit gefunden, verzögernd auf das peristaltische Feld einzuwirken und seine Reise durch den Tunnel zu verlangsamen.

Allzufrüh wurde er in einer großen, elliptischen Halle, die ringsum von Fenstern umgeben war, sanft niedergesetzt. Die Fenster gewährten verlockende Ausblicke in köstlich grüne Gärten, wo Blumen und Sträucher in voller Blütenpracht prangten. Es gab noch

Gärten in Diaspar, aber diese waren der Phantasie des Künstlers entsprungen. Sicherlich gab es in der heutigen Welt keine solchen Blumen mehr.

Alvin trat durch eines der Fenster, und die Illusion zerstob. Er sah sich in einem röhrenförmigen Korridor, der steil aufwärts führte. Ein Rollsteig unter seinen Füßen setzte sich langsam in Bewegung, um ihn seinem Ziel näherzubringen. Er ging ein paar Schritte, bis der Rollsteig eine Geschwindigkeit erreicht hatte, die jede weitere Anstrengung überflüssig machte.

Der Korridor führte weiter aufwärts und beschrieb dabei eine Krümmung, die ihn nach ungefähr hundert Metern seine Richtung um neunzig Grad verändern ließ. Aber das wußte nur die Logik; für die Sinne hatte es den Anschein, als führe der Rollsteig durch einen völlig geraden und ebenen Korridor. Die Tatsache, daß er in Wirklichkeit einen vertikalen Schacht hinaufgetragen wurde, der Hunderte von Metern tief war, verschaffte Alvin kein Gefühl von Unsicherheit, denn ein Versagen des polarisierenden Feldes war undenkbar.

Bald neigte sich der Korridor wieder und ging in die Waagerechte über. Die Bewegung des Rollsteiges verlangsamte sich kaum merklich, bis er am Ende eines langen Spiegelsaales zum Stillstand kam. Alvin wußte, daß er jetzt im obersten Geschoß des Turmes von Loranne angekommen war.

Er verweilte ein wenig im Spiegelsaal, der eine große Faszination ausübte. In ganz Diaspar gab es, soweit Alvin wußte, nicht seinesgleichen. Der Künstler hatte die Spiegel beweglich angeordnet, und nur wenige von ihnen spiegelten die Szene, wie sie wirklich war — und selbst die veränderten ständig ihre Position. Die übrigen reflektierten zweifellos etwas, aber es war verwirrend, sich selbst zwischen immerfort wechselnder, imaginärer Umgebung gehen zu sehen. Alvin fragte sich, was er tun würde, wenn in dieser Spiegelwelt ein anderer auf ihn zukäme, aber die Situation blieb ihm erspart.

Fünf Minuten später war er in einem kleinen, leeren Raum, durch den ein warmer Luftzug ging. Er gehörte zum Belüftungssystem des Turmes, und der Luftstrom entwich durch eine Serie breiter Öffnungen in der Außenwand des Gebäudes. Durch sie konnte man einen Blick auf die Welt außerhalb von Diaspar werfen.

Es wäre vielleicht zuviel gesagt, wenn man behauptete, Diaspar sei mit Bedacht so erbaut worden, daß seine Bewohner von der Außenwelt nichts sehen konnten. Gleichwohl war es seltsam, daß man, soweit Alvin bekannt war, von keiner anderen Stelle der Stadt die Wüste sah. Die äußeren Turmhäuser von Diaspar bildeten einen Wall um die Stadt, kehrten der feindlichen Außenwelt den Rücken, und Alvin dachte wieder an den seltsamen Widerwillen der Leute, sich mit Worten oder auch nur in Gedanken mit etwas zu beschäftigen, was außerhalb ihres kleinen Universums lag.

Viele hundert Meter unter ihm lag die Wüste im letzten Licht des scheidenden Tages. Die beinahe horizontal einfallenden Sonnenstrahlen malten ein Muster von Licht und Schatten auf die Ostwand des kleinen Raumes, und Alvins Schatten ragte mächtig hinter ihm. Er beschirmte die Augen gegen die Glut und spähte hinab auf das Land, auf dem seit ferner Vergangenheit kein Mensch gegangen war.

Es gab wenig zu sehen: nur die langen Schatten der Sanddünen, und, weit im Westen, einen niedrigen Höhenzug felsiger Hügel, hinter denen die Sonne unterging. Es war seltsam, sich vorzustellen, daß unter all den ungezählten Menschen nur er dieses Panorama gesehen hatte.

Es gab keine Dämmerung: Kaum war die Sonne untergegangen, da zog die Nacht wie ein Wind über die Wüste und streute die Sterne aus. Hoch im Süden leuchtete ein seltsames Sternbild, das Alvin früher schon aufgefallen war — ein vollkommener Kreis von sechs Sternen verschiedener Färbung, mit einem einzigen weißen Riesen in der Mitte. Nur wenige andere Sterne strahlten mit solcher Helligkeit, denn die gewaltigen Sonnen, die in der Pracht ihrer Jugend so heftig gebrannt hatten, glommen nun ihrem Untergang entgegen.

Lange kniete Alvin an der Öffnung und beobachtete die im Westen versinkenden Sterne. Hier, in der schimmernden Dunkelheit, hoch über der Stadt, schien sein Geist mit übernormaler Klarheit zu arbeiten. Noch immer gab es riesige Lücken in seinem Wissen, aber allmählich begann sich das Rätsel von Diaspar zu lösen.

Die menschliche Rasse hatte sich verändert — und er nicht. Die Neugierde und der Wissensdurst, die ihn vom Rest seines Volkes absonderten, mußten früher einmal allen Menschen eigen gewesen sein. In ferner Vergangenheit, vor Millionen Jahren, mußte etwas geschehen sein, was die Menschheit verändert hatte. Diese unerklärten Hinweise auf die Eindringlinge — lag die Antwort dort?

Es war Zeit, daß er sich auf den Heimweg machte. Als er aufstand, kam ihm plötzlich ein Gedanke in den Sinn, der neuartig war. Die Entlüftungsöffnung war beinahe horizontal und vielleicht drei Meter lang. Er war immer der Meinung gewesen, sie rage am anderen Ende aus der Wand des Turmes hinaus, aber das war eine reine Annahme. Es gab auch andere Möglichkeiten, wie ihm jetzt klar wurde. Tatsächlich war es mehr als wahrscheinlich, daß unter der äußeren Öffnung eine Art Sims verlief, sei es aus Sicherheitsgründen oder um mögliche Wartungsarbeiten zu erleichtern. Es war jedoch zu spät, um jetzt weitere Nachforschungen anzustellen, aber morgen wollte er wiederkommen . . .

Er bedauerte, daß er Jeserac würde belügen müssen. Aber wenn der alte Mann seine Überspanntheiten mißbilligte, war es nur rücksichtsvoll, die Wahrheit zu verbergen. Außerdem hätte Alvin selbst nicht sagen können, was er zu entdecken hoffte. Er wußte recht gut, daß er, wenn es ihm irgendwie gelänge, Diaspar zu verlassen, bald würde zurückkehren müssen. Aber die schuljungenhafte Erregung eines möglichen Abenteuers trug ihre Rechtfertigung in sich.

Es war nicht schwierig, sich durch die Öffnung zu arbeiten, obwohl er es noch vor einem Jahr nicht so leicht bewerkstelligt hätte.

Die Vorstellung, am Ende der Öffnung in einen tausend Meter tiefen Abgrund zu blicken, schreckte Alvin nicht im mindesten, denn der Mensch hatte seine Furcht vor großen Höhen längst verloren.

Und tatsächlich konnte es sich nur um einen Sprung von einem Meter auf eine breite Terrasse handeln, die sich rechts und links über die Breite des Turmhauses erstreckte.

Das Blut pochte dumpf in seinen Schläfen, als Alvin durch die Öffnung hinauskroch.

Vor ihm lag die ganze Weite der Wüste, nicht mehr von einem schmalen Rechteck aus Stein eingerahmt.

Über ihm reckte sich die Fassade des Turmes ein gutes Stück in den Himmel. Die benachbarten Gebäude erhoben sich im Norden und Süden wie eine Schlachtreihe von Titalen. Alvin bemerkte mit Interesse, daß der Turm von Loranne nicht der einzige war, der Entlüftungsöffnungen zur Wüse hin hatte. Er stand eine Weile und nahm die gewaltige Landschaft in sich auf; dann begann er das Gesims zu untersuchen, auf dem er stand.

Es war ungefähr sieben Meter breit und endete ohne ein Geländer in der freien Luft über dem Abgrund. Alvin blickte furchtlos über den Rand in die Tiefe und schätzte, daß die Wüste mindestens eine Meile unter ihm war. In dieser Richtung gab es keine Hoffnung.

Bei weitem interessanter war der Umstand, daß von einem Ende des Simses eine Treppe abwärts führte, anscheinend zu einem weiteren Sims, der einige hundert Meter unter ihm verlief.

Die Stufen waren in die Fassade des Gebäudes gehauen, und Alvin überlegte, ob sie wohl ganz hinunterführen würden. Das war eine erregende Möglichkeit: In seiner Begeisterung übersah er die körperlichen Implikationen eines Abstiegs von tausendfünfhundert Metern.

Aber die Treppe war kaum vierzig Meter lang, dann endete sie jählings an einem mächtigen Steinblock, der den Weiterweg versperrte. Ein Überklettern oder Umgehen war ausgeschlossen: Der Abstieg war vorsätzlich blockiert worden.

Entmutigt näherte sich Alvin dem Hindernis. Er hatte nur an den Abstieg gedacht, nicht an die Schwierigkeit des Rückwegs, das hieß, eine eineinhalb Kilometer hohe Treppe zu ersteigen. Nun war er verwirrt und ärgerlich, daß er so weit gekommen war, nur um schließlich doch zu scheitern.

Er erreichte den Block und sah erst jetzt die in den

Stein gehauene Botschaft. Die Schriftzeichen waren archaisch, doch er konnte sie ohne besondere Mühe entziffern. Dreimal las er die einfache Inschrift: Dann setzte er sich auf die steinernen Stufen und blickte hinaus über das unerreichbare Land unter ihm.

ES GIBT EINEN BESSEREN WEG. RICHTE DEM VERWAHRER DER AUFZEICHNUNGEN MEINE GRÜSSE AUS.

ALAINE VON LYNDAR

2

Der Beginn der Suche

Rorden, der Verwahrer der Aufzeichnungen, ließ sich seine Überraschung nicht anmerken, als sein Besucher sich anmeldete. Als der Junge den Raum betrat, hatte er bereits seinen Namen in den Datenspeicher eingegeben, und drei Sekunden später hatte er Alvins persönliche Daten vor sich.

Jeserac zufolge waren die Pflichten des Verwahrers der Aufzeichnungen etwas unklar. Nun, Alvin hatte einen Archivverwalter inmitten eines riesigen Ablagesystems erwartet. Er hatte auch — und ohne irgendeinen Grund — erwartet, einen Mann anzutreffen, der mindestens so alt wie Jeserac war. Statt dessen fand er einen Mann mittleren Alters in einem Raum, der vielleicht ein Dutzend große Maschinen enthielt. Rorden saß hinter einem mit Papieren nicht gerade überladenen Schreibtisch und begrüßte seinen Besucher etwas geistesabwesend, denn er war gerade damit beschäftigt, Alvins Daten zu studieren.

»Alaine von Lyndar?« sagte er. »Nein, von dem habe ich nie gehört. Aber wir werden bald herausfinden, wer er war.«

Alvin verfolgte mit Interesse, wie Rorden an einer der Maschinen eine Anzahl Tasten drückte. Beinahe augenblicklich leuchtete ein Synthetisatorfeld auf, und ein Stück Papier kam zum Vorschein.

»Alaine scheint ein Vorgänger von mir gewesen zu sein, aber das ist *sehr* lange her. Ich dachte, die Verwahrer der letzten hundert Millionen Jahre seien mir geläufig, aber er muß noch vorher gelebt haben. Es liegt so weit zurück, daß nur sein Name überliefert ist, ohne weitere Einzelheiten. Wo war diese Inschrift?«

»Am Turm von Loranne«, sagte Alvin nach kurzem Zögern. Wieder wurden Tasten gedrückt, aber diesmal blieb das Feld dunkel, und kein Papier erschien.

»Was machen Sie da?« fragte Alvin. »Wo sind all Ihre Aufzeichnungen?«

Der Verwahrer lachte.

»Das verwirrt die Leute immer wieder. Es wäre unmöglich, schriftliche Aufzeichnungen aller Informationen zu verwahren, die wir benötigen; alles wird elektronisch gespeichert und nach einer gewissen Zeit automatisch gelöscht, es sei denn, es gibt einen besonderen Grund, die betreffende Aufzeichnung zu erhalten. Wenn Alaine eine Botschaft für die Nachwelt hinterlassen hat, werden wir sie bald finden.«

»Wie?«

»Das kann dir niemand auf der Welt sagen. Ich weiß nur, daß diese Maschine ein Assoziator ist. Wenn du ihr eine Anzahl von Fakten gibst, wird sie die Summe gespeicherten menschlichen Wissens durchsuchen, bis sie das gegenseitige Verhältnis dieser Fakten ermittelt hat.«

»Erfordert das nicht eine Menge Zeit?«

»Sehr oft, ja. Einige Male mußte ich zwanzig Jahre auf eine Antwort warten. Also«, fügte er hinzu, »du kannst dich ruhig hinsetzen.« Die kleinen Runzeln um seine Augen straften den Ernst seines Tonfalls Lügen.

Alvin hatte nie jemanden wie den Verwahrer der Aufzeichnungen kennengelernt und fand, daß er ihn mochte. Er hatte es satt, immer wieder daran erinnert zu werden, daß er ein Junge war, und war erfreut, ernstgenommen und wie eine vollwertige Person behandelt zu werden.

Wieder leuchtete das Synthetisatorfeld auf, und Rorden beugte sich über den Ausdruck. Diesmal mußte die Auskunft umfangreicher sein, denn er brauchte mehrere Minuten, sie zu lesen. Schließlich blickte er auf und betrachtete seinen jungen Besucher mit einem Ausdruck beunruhigender Schlauheit.

»Was steht da?« platzte Alvin heraus, als er seine Neugier nicht mehr zügeln konnte.

Rorden ließ die Frage unbeantwortet. »Warum willst du Diaspar verlassen?« fragte er mit ruhiger Sicherheit.

Hätte Jeserac oder sein Vater ihm diese Frage gestellt, hätte sich Alvin in ein Gewirr von Halbwahrheiten und Lügen verstrickt. Aber bei diesem Mann, den er erst seit wenigen Minuten kannte, schien es keine der Barrieren zu geben, die ihn von jenen trennten, die er sein Leben lang gekannt hatte.

»Ich weiß nicht genau«, sagte er bereitwillig. »Ich habe immer daran gedacht. Es gibt außerhalb von Diaspar nichts als Wüste, das weiß ich — aber ich möchte trotzdem hin.«

Er blickte scheu zu Rorden, als erwarte er Ermutigung, aber der Blick des Verwahrers war in die Ferne gerichtet. Als er endlich wieder zu Alvin fand, zeigte er einen Ausdruck, den der Junge nicht verstehen konnte, der aber eine Spur von Traurigkeit enthielt, die ihn beunruhigte.

Niemand konnte Rorden ansehen, daß er mit der schwersten Krise seines Lebens konfrontiert war. Seit Jahrtausenden hatte er seine Pflichten als Archivar und Deuter der Maschinen erfüllt, Pflichten, die kaum Initiative oder Unternehmungsgeist erforderten. Abseits von der Geschäftigkeit der Stadt und fern von seinen Mitmenschen hatte Rorden ein glückliches und zufriedenes Leben geführt. Und nun war dieser Junge gekommen und hatte die Gespenster eines Zeitalters wachgerufen, das seit Millionen von Jahrhunderten tot war, und drohte seinen Seelenfrieden zu zerstören.

Ein paar Worte der Entmutigung würden genügen, um die Bedrohung abzuwenden, doch als er in die bangen, unglücklichen Augen blickte, erkannte Rorden, daß er diesen bequemen Ausweg nicht nehmen konnte. Auch ohne die Botschaft Alaines hätte sein Gewissen es ihm untersagt.

»Alvin«, begann er, »ich weiß, daß es viele Dinge gibt, die dir zu denken gegeben haben. Vor allem wirst du überlegt haben, warum wir jetzt hier in Diaspar leben, wenn uns einst die ganze Welt nicht genug war.«

Alvin nickte, erstaunt, daß der andere seine Gedanken so genau hatte lesen können.

»Nun, ich fürchte, ich kann diese Frage nicht vollständig beantworten. Mach kein so enttäuschtes Gesicht: Ich bin noch nicht fertig. Es fing alles an, als die Menschheit sich gegen die Eindringlinge zur Wehr setzte — wer oder was immer sie waren. Vordem hatte sie sich im All ausgebreitet, wurde aber in Kriegen, von denen wir keine Vorstellung haben, zur Erde zurückgetrieben. Vielleicht änderte diese Niederlage ihren Charakter, so daß sie sich fortan damit zufrieden gab, den Rest ihrer Existenz auf Erden zuzubringen. Oder vielleicht versprachen die Invasoren, sie in Ruhe zu lassen, solange sie auf ihrer Heimatwelt bliebe: Wir wissen es nicht. Sicher ist nur, daß die Menschheit eine stark zentralisierte Zivilisation zu entwickeln begann, die ihren endgültigen Ausdruck in Diaspar fand.

Anfangs gab es viele große Städte dieser Art, aber am Ende blieb nur Diaspar übrig, denn die Bevölkerung nahm mit dem allmählichen Dahinscheiden der Lebensgrundlagen ab. Es scheint eine Kraft zu geben, welche die Menschen zusammentreibt, wie es früher eine gegeben haben muß, die sie drängte, sich in alle Welten zu zerstreuen. Wenigen Menschen wird es bewußt, aber wir alle tragen eine Furcht vor der Außenwelt in uns und eine Sehnsucht nach dem, was bekannt und vertraut ist. Diese Furcht mag irrational sein. Vielleicht aber hat sie ihren Ursprung in geschichtlichen Umwälzungen. Jedenfalls ist sie eine der stärksten Kräfte in unserem Leben.«

»Warum empfinde ich dann nicht so?«

»Du meinst, daß der Gedanke, Diaspar zu verlassen, wo du alles hast, was du brauchst, und unter deinen Freunden bist, dich nicht mit etwas wie Schrecken erfüllt?«

»Ja.«

Der Verwahrer lächelte. »Ich fürchte, ich kann von mir nicht das gleiche sagen. Aber wenigstens kann ich deinen Gesichtspunkt verstehen, selbst wenn ich ihn nicht teile. Früher hätte ich vielleicht meine Zweifel gehabt, ob es angebracht sei, dir zu helfen. Aber jetzt, nachdem ich Alaines Botschaft gesehen habe, nicht mehr.«

»Sie haben mir noch nicht gesagt, was sie enthält.«

Rorden lachte.

»Ich habe auch nicht vor, das zu tun, bis du ein gutes Stück älter bist. Aber ich will dir sagen, wovon sie handelt. Alaine sah voraus, daß in künftigen Zeitaltern Menschen wie du geboren werden; er verstand sie und wußte, daß sie versuchen könnten, Diaspar zu verlassen, und weil er mit ihnen fühlte, nahm er sich vor, ihnen zu helfen. Ich glaube, du würdest bei jedem Versuch, die Stadt zu verlassen, auf eine Inschrift stoßen, die auf den Verwahrer der Aufzeichnungen weist. Und da er wußte, daß die Verwahrer sich seiner Aufzeichnungen bedienen würden, hinterließ Alaine eine

Botschaft, sicher vergraben unter den Millionen von Daten, die hier gespeichert sind. Sie kann nur gefunden werden, wenn der Assoziator gezielt danach sucht. Diese Botschaft weist jeden Verwahrer an, dem Fragesteller zu helfen, selbst wenn er sein Vorhaben mißbilligt. Alaine glaubte, daß die Menschheit der Dekadenz verfallen sei, und wollte alles unterstützen, was zu ihrer Regeneration beitragen könnte. Kannst du mir folgen?«

Alvin nickte feierlich.

»Ich hoffe, er irrte sich«, fuhr Rorden fort. »Ich glaube nicht, daß die Menschheit dekadent ist — sie hat sich nur verändert. Du wirst natürlich Alaine zustimmen — aber tu es nicht nur deshalb, weil du denkst, es sei fein und eine Auszeichnung, sich von allen anderen zu unterscheiden! Wir sind glücklich: Wenn wir etwas verloren haben, sind wir uns dessen nicht bewußt.

Alaine schrieb viel in seine Botschaft hinein, aber die wichtigste Information ist, daß es drei Wege gibt, die aus Diaspar hinausführen. Er sagt nicht, wohin sie führen, noch gibt er Hinweise, wie sie gefunden werden können; obwohl es einige sehr obskure Andeutungen gibt, über die ich nachdenken muß. Aber selbst wenn wahr sein sollte, was er sagt, bist du viel zu jung, um die Stadt zu verlassen. Morgen muß ich mit deinen Leuten sprechen. Nein, ich werde dich nicht verraten! Aber geh jetzt — ich habe eine Menge zu überlegen.«

Die Dankbarkeit des Jungen brachte Rorden ein wenig in Verlegenheit. Als Alvin gegangen war, saß er eine Weile und überlegte, ob er richtig gehandelt hatte.

Es stand außer Zweifel, daß der Junge ein Atavismus war, ein Rückschlag in ein früheres Zeitalter. Alle paar Generationen erschienen immer noch Geister, die jenen der alten Tage ebenbürtig waren. Außerhalb ihrer

Zeit geboren, konnten sie auf das friedliche, gleichförmige Leben Diaspars wenig Einfluß ausüben. Der lange, allmähliche Niedergang des menschlichen Willens war zu weit fortgeschritten, um von einem individuellen Genius aufgehalten zu werden, mochte er noch so brillant sein. Nach einigen Jahrhunderten der Rastlosigkeit fanden diese Varianten sich mit ihrem Geschick ab und hörten auf, dagegen anzukämpfen. Würde auch Alvin, wenn er seine Position begriffen hatte, einsehen, daß seine einzige Hoffnung auf Glück und Zufriedenheit in der Anpassung an die Gegebenheiten lag? Rorden fragte sich, ob es schließlich nicht menschenfreundlicher gewesen wäre, wenn er den Jungen abgeschreckt hätte. Aber jetzt war es zu spät; dafür hatte Alaine gesorgt.

Der alte Verwahrer der Aufzeichnungen mußte ein bemerkenswerter Mann gewesen sein, vielleicht selbst ein Atavismus. Wie viele Male hatten andere Verwahrer im Laufe der Zeiten diese Botschaft gelesen und zum Besseren oder Schlechteren danach gehandelt? Wenn es ähnliche Fälle gegeben hatte, waren sicherlich Aufzeichnungen gemacht worden.

Rorden dachte eine Weile angestrengt nach: Dann fing er an, den Maschinen Frage um Frage einzugeben, langsam zuerst, aber bald mit wachsender Zuversicht, bis jeder Assoziator im Raum mit voller Leistung arbeitete. Auf Wegen, die dem Verständnis der Menschen heute nicht mehr zugänglich waren, rasten Millionen und Milliarden von Daten durch die elektronischen Maschinen. Es gab nichts weiter zu tun, als zu warten . . .

In späteren Jahren sollte Alvin sich oft über sein Glück wundern. Wäre der Verwahrer der Aufzeichnungen unfreundlich gewesen, so hätte seine Suche niemals beginnen können. Aber Rorden hatte trotz der Jahre zwischen ihnen etwas von seiner Neugierde. In Rordens Fall war es freilich nur der Wunsch, verlorengegangenes Wissen aufzudecken: Er hätte niemals Gebrauch davon gemacht, denn er teilte mit dem Rest von Diaspar die Furcht vor der Außenwelt, die Alvin so unverständlich fand. So eng ihre Freundschaft wurde, diese Barriere blieb immer zwischen ihnen.

Alvins Leben war jetzt in zwei ganz voneinander geschiedene Abschnitte unterteilt. Er setzte seine Studien mit Jeserac fort und erwarb die umfassenden und schwierig zu erlangenden Kenntnisse der Menschen, Bräuche und Funktionen, ohne die niemand im Leben der Stadt eine Rolle spielen konnte. Jeserac war gewissenhaft, aber er ließ sich Zeit, und da er so viele Jahrhunderte vor sich hatte, sah er keinen Anlaß, sich seiner Aufgabe rasch zu entledigen. Er zeigte sich erfreut, daß Alvin sich mit Rorden angefreundet hatte. Der Verwahrer der Aufzeichnungen wurde von den übrigen Bewohnern Diaspars mit einer gewissen Ehrfurcht betrachtet, denn er allein hatte unmittelbaren Zugang zu dem gesammelten Wissen der Vergangenheit.

Wie enorm und doch unvollständig dieses Wissen war, lernte Alvin nach und nach. Trotz der automatischen Löschung aller obsolet gewordenen Informationen enthielten die Speicher, gering geschätzt, hundert Trillionen Daten. Ob die Speicherkapazität der Maschine eine Grenze hatte, wußte Rorden nicht; dieses Wissen war mit dem Geheimnis ihrer Funktionsweise verlorengegangen.

Die Assoziatoren waren eine Quelle endloser Verwunderung für Alvin, der Stunden an ihren Tastaturen verbrachte und seine Fragen eingab. Es war erheiternd, festzustellen, daß Leute, deren Namen mit »S« anfingen, eine Tendenz zeigten, im Ostteil der Stadt zu wohnen — obwohl die Maschinen hinzufügten, daß diese Tatsache ohne statistische Bedeutung sei. Binnen kurzer Zeit sammelte Alvin eine große Menge ähnlich nutzloser Fakten, die er dazu benutzte, seine Freunde zu beeindrucken. Gleichzeitig lernte er unter Rordens Anleitung alles, was über die Frühzeit bekannt war, denn Rorden hatte darauf bestanden, daß es Jahre der Vorbereitung bedürfe, ehe er seine Suche beginnen konnte. Alvin anerkannte die Vernunft dieser Überlegung, wenn er auch manchmal dagegen rebellierte. Aber nach einem einzigen Versuch, sich vorzeitig Wissen anzueignen, gab er dieses Streben vollständig auf.

Eines Tages, als Rorden einen seiner seltenen Besuche im Verwaltungszentrum der Stadt gemacht hatte, war Alvin allein geblieben. Die Versuchung war zu stark, und so hatte er den Assoziatoren Anweisung gegeben, nach Alaines Botschaft zu suchen.

Als Rorden zurückkehrte, fand er einen ängstlichen, eingeschüchterten Jungen, der herausfinden wollte, warum alle Maschinen außer Betrieb waren. Zu seiner großen Erleichterung lachte Rorden und gab eine Serie von Kombinationen ein, die den Stau auflösten. Dann wandte er sich mit der gebotenen Strenge dem Übeltäter zu.

»Laß dir das eine Lektion sein, Alvin! Ich habe so etwas erwartet, also habe ich alle Speicherkreise blockiert, deren Erforschung ich nicht wünsche. Diese Blockade wird bleiben, bis ich es für richtig halte, sie aufzuheben.«

Alvin grinste kläglich. Von da an unternahm er keine Ausflüge mehr in verbotene Bereiche.

3

Das Grabmal des Yarlan Zey

Drei Jahre lang beschränkte sich Rorden auf beiläufige Bemerkungen über den Zweck ihrer Arbeit. Die Zeit verging jedoch rasch, denn es gab viel zu lernen, und das Wissen, daß sein Ziel nicht unerrreichbar war, gab Alvin Geduld. Eines Tages dann, als sie sich bemühten, zwei widersprüchliche Karten der alten Welt zur Übereinstimmung zu bringen, begann ein Assoziator plötzlich um Aufmerksamkeit zu signalisieren.

Rorden entnahm ihm einen langen Ausdruck. Als er den Text überflogen hatte, blickte er mit einem Lächeln zu Alvin.

»Wir werden bald wissen, ob der erste Weg noch offen ist«, sagte er.

Alvin sprang so heftig von seinem Stuhl auf, daß er in seinem Eifer die Landkarten vom Tisch riß.

»Wo ist er?«

Rorden lachte und drückte ihn wieder auf den Stuhl zurück.

»Ich habe dich nicht so lange warten lassen, weil ich es so wollte«, sagte er. »Es ist richtig, daß du zu jung warst, um Diaspar zu verlassen, selbst wenn wir gewußt hätten, wie es zu bewerkstelligen ist. Aber das ist nicht der einzige Grund. Noch am Tag deines ersten Besuches beauftragte ich die Maschinen, alle Aufzeichnungen zu durchsuchen und festzustellen, ob nach Alaines Zeit jemand versucht hatte, die Stadt zu verlassen. Ich war ziemlich sicher, daß du nicht der erste sein würdest, und ich hatte recht. Es hat viele vor dir gegeben: Der letzte Fall liegt ungefähr fünfzehn

Millionen Jahre zurück. Alle waren sorgfältig darauf bedacht, uns keine Hinweise zu hinterlassen, und darin sehe ich Alaines fortwirkenden Einfluß. In seiner Botschaft betont er, daß nur diejenigen, die selbst suchen, die Erlaubnis erhalten, den Weg zu finden. Also mußte ich durch viele Sackgassen gehen. Ich wußte, daß das Geheimnis sorgfältig versteckt war — aber nicht so sorgfältig, daß es unauffindbar bleiben mußte.

Vor etwa einem Jahr konzentrierte ich mich auf die Transportfrage. Es war offensichtlich, daß Diaspar zahlreiche Verbindungen mit dem Rest der Welt unterhalten haben mußte, und obwohl der Hafen selbst seit undenkbaren Zeiten von der Wüste begraben ist, vermutete ich, daß es auch andere Transportmittel gegeben haben mußte. Ich stellte fest, daß die Assoziatoren keine direkten Fragen beantworteten: Alaine mußte sie blockiert haben, genau so, wie ich es einmal zu deinem Besten getan hatte. Unglücklicherweise kann ich Alaines Blockade nicht aufheben, also mußte ich Umwege gehen.

Wenn es ein äußeres Transportsystem gegeben hat, dann ist jedenfalls nichts mehr davon vorhanden. Sollte so ein System existiert haben, dann wurden alle Hinweise darauf vorsätzlich versteckt. Ich stellte den Assoziatoren die Aufgabe, alle größeren Bauvorhaben zu untersuchen, die seit dem Beginn der Aufzeichnungen in der Stadt durchgeführt worden waren. Dies hier ist ein Bericht über die Anlage des Zentralparks — und Alaine selbst hat eine Bemerkung hinzugefügt! Aber immer, wenn die Maschine auf seinen Namen stieß, wußte sie, daß die Suche beendet war, und gab mir das Signal.«

Rorden blickte auf das Papier, wie um es noch einmal zu lesen, dann fuhr er fort:

»Wir haben es immer für selbstverständlich gehalten, daß alle Rollsteige im Park zusammenlaufen: Seine zentrale Lage läßt das nur natürlich erscheinen. Aber dieser Bericht erklärt, daß der Park *nach* der Gründung der Stadt angelegt worden ist — genauer gesagt, viele Millionen Jahre später. Daraus schließe ich, daß die Rollsteige früher einmal zu etwas anderem geführt haben.«

»Einem Flugplatz, vielleicht?«

»Nein. Das Überfliegen einer Stadt war nicht erlaubt, außer in der Frühzeit, ehe die Rollsteige gebaut worden waren. Nicht einmal Diaspar ist so alt! Aber hör zu, was Alaine dazu sagt:

›Als die Wüste den Hafen von Diaspar unter sich begrub, konnte das für diesen Fall erbaute Notsystem die verbleibenden Transportaufgaben erfüllen. Es wurde schließlich von Yarlan Zey, dem Schöpfer des Parks, geschlossen, da es seit der Auswanderung beinahe unbenutzt geblieben war.‹«

Alvin schaute verwirrt drein.

»Viel kann ich daraus nicht ersehen«, beklagte er sich.

Rorden lächelte. »Du hast dir von den Assoziatoren zu viel Denken abnehmen lassen«, tadelte er ihn freundlich. »Wie alle Erklärungen Alaines ist auch diese absichtlich unklar, damit nicht die falschen Leute informiert würden. Aber ich meine, sie sagt uns genug. Sicherlich ist dir der Name ›Yarlan Zey‹ ein Begriff?«

»Ich glaube, ich verstehe«, sagte Alvin. »Sie sprechen von dem Grabmal, nicht wahr?«

»Ja. Es befindet sich genau in der Mitte des Parks. Wenn du die Rollsteige verlängerst, laufen sie alle dort zusammen. Vielleicht taten sie das früher einmal.«

Alvin war schon auf den Beinen.

»Lassen Sie uns hingehen und nachsehen!«

Rorden schüttelte den Kopf.

»Du hast das Grabmal Yarlan Zeys Dutzende von Malen gesehen und nichts Ungewöhnliches daran bemerkt. Bevor wir Hals über Kopf davonstürzen, wäre es vielleicht ein guter Gedanke, noch einmal die Maschinen zu befragen, meinst du nicht?«

Alvin mußte ihm zustimmen, und während sie warteten, las er den Bericht, den der Assoziator ausgedruckt hatte.

»Rorden«, sagte er schließlich, »was meint Alaine damit, wenn er von der Auswanderung spricht?«

»Das ist ein Begriff, der in den allerfrühesten Aufzeichnungen gebraucht wurde«, antwortete Rorden. »Er muß sich auf die Zeit beziehen, als die anderen Städte verfielen und alle Menschen nach Diaspar kamen.«

»Dann führt dieses Transportsystem, oder was immer es ist, also zu den anderen Städten?«

»Mit größter Wahrscheinlichkeit.«

Alvin überlegte eine Weile.

»Selbst wenn wir das System finden, wird es uns nur zu Ruinenstädten führen?«

»Ich bezweifle, daß es selbst das tun kann«, erwiderte Rorden. »Da das Transportsystem offengeblieben war, wurden die Maschinenanlagen, und was noch dazu gehört haben mag, dem Verfall preisgegeben. Inzwischen wird die Wüste sie bedeckt haben.«

Alvin ließ sich nicht entmutigen.

»Aber Alaine muß das gewußt haben!« protestierte er.

Rorden zuckte mit den Schultern. »Wir stellen nur Vermutungen an«, sagte er, »und der Assoziator hat gegenwärtig keine Information. Es mag mehrere Stunden dauern, aber weil es sich um einen bestimmten Gegenstand handelt, sollten wir alle aufgezeichneten

Daten bis heute abend vorliegen haben. Inzwischen werden wir deinen Vorschlag befolgen und den Park aufsuchen.«

Überall in der Stadt waren die Sonnenblenden heruntergelassen, denn die Sonne brannte unbarmherzig herab, wobei ihre Strahlen einem Menschen der Frühzeit seltsam schwach vorgekommen sein würden. Alvin hatte diesen Weg hundertmal gemacht, doch heute erschien er ihm wie ein neues Abenteuer. Als sie das Ende des Rollsteigs erreicht hatten, bückte er sich und untersuchte die Oberfläche, die sie durch die Stadt getragen hatte. Zum erstenmal in seinem Leben begann er zu begreifen, welch ein technisches Wunderwerk er vor sich hatte. Wo sie ihn verlassen hatten, stand der Rollsteig still, aber hundert Meter weiter bewegte er sich schneller, als ein Mann laufen konnte.

Rorden beobachtete ihn, mißverstand aber die Neugier des Jungen.

»Als der Park angelegt wurde«, sagte er, »mußten sie wohl den letzten Streckenabschnitt entfernen. Ich glaube nicht, daß du etwas daraus lernen kannst.«

»Daran dachte ich nicht«, sagte Alvin. »Ich überlegte, wie die Rollsteige funktionieren.«

Rorden sah ihn verblüfft an, denn der Gedanke war ihm nie in den Sinn gekommen. Seit der Mensch in Städten lebte, hatte er die vielfältigen Dienstleistungen, die ihm zur Verfügung standen, ohne zu denken hingenommen. Und als die Städte vollständig automatisiert waren, hatten die Bewohner aufgehört, diese Dienstleistungen zu bemerken.

»Darüber brauchst du dir keine Gedanken zu machen«, sagte er. »Ich kann dir tausend größere Rätsel zeigen. Kannst du mir beispielsweise sagen, wie meine Aufzeichner zu ihren Informationen kommen?«

Und so tat Rorden einen der größten Triumphe menschlichen Ingenieurwesens ohne einen weiteren Gedanken ab. Die langen Zeitalter der Forschung, die der Herstellung anisotropischer Materie vorausgegangen waren, bedeuteten ihm nichts. Hätte man ihm gesagt, daß ein Material in einer Dimension die Eigenschaften einer festen Substanz haben könnten und in den beiden anderen diejenigen einer flüssigen, wäre er nicht überrascht gewesen.

Der Park hatte einen Durchmesser von beinahe drei Meilen, und da jeder Weg in Krümmungen verlief, waren alle Entfernungen beträchtlich weiter. In jüngeren Jahren hatte Alvin viel Zeit unter den Bäumen und Pflanzen dieser größten freien Fläche der Stadt verbracht. Im Laufe der Zeit hatte er den ganzen Park erforscht, aber in späteren Jahren war für ihn vieles von dem ursprünglichen Zauber verlorengegangen. Nun begriff er, warum es so war: Er hatte die alten Aufzeichnungen gesehen und wußte, daß der Park nur ein bleicher Schatten jener Schönheit war, die es in ferner Vergangenheit überall gegeben hatte.

Sie begegneten vielen Leuten, als sie die Wege unter den alterslosen Bäumen gingen, vorbei an Rasenflächen immergrünen Zwerggrases, das nie gemäht werden mußte. Nach einer Weile wurden sie des Erwiderns von Grüßen überdrüssig, denn beinahe jeder kannte den Verwahrer der Aufzeichnungen. Also verließen sie die Hauptwege und wanderten auf stillen, von Bäumen beschatteten Nebenwegen weiter. Da und dort standen die Bäume so nahe beisammen, daß die gewaltigen Turmhäuser der Stadt nicht mehr zu sehen waren, und Alvin stellte sich vor, in der Welt früherer Zeitalter zu sein — in einer Welt, von der er so oft geträumt hatte.

Das Grabmal Yarlan Zeys war das einzige Bauwerk im Park. Eine Allee immergrüner Bäume führte den niedrigen Hügel hinauf, auf dem es stand. Seine Säulen aus rosa Marmor glänzten im Sonnenlicht. Das Dach war zum Himmel offen, die Grabkammer mit großen Platten von Natursteinen gepflastert. Seit geologischen Zeitaltern hatten menschliche Füße diesen Boden begangen, aber sie hatten keine Spuren auf dem unvorstellbar widerstandsfähigen Material hinterlassen. Alvin und Rorden betraten den Innenraum des Grabmals und blieben vor der Statue des Yarlan Zey stehen.

Der Schöpfer des großartigen Parks saß mit niedergeschlagenem Blick, als betrachte er die Pläne, die er auf den Knien ausgebreitet hatte. Sein Gesicht trug jenen seltsam undeutbaren Ausdruck, der die Betrachter vieler Generationen zu allerlei Spekulationen veranlaßt hatte. Manche hatten ihn als eine bloße Laune des Künstlers abgetan, aber anderen schien es, daß Yarlan Zey über irgendeinen heimlichen Scherz lächelte. Und Alvin wußte jetzt, daß diese Deutung richtig war.

Rorden stand bewegungslos vor der Statue, als sehe er sie zum erstenmal. Nach einer kleinen Weile trat er einige Schritte zurück und begann die großen Steinplatten am Boden zu untersuchen.

»Suchen Sie etwas?« fragte Alvin.

»Ich wende ein bißchen Logik und viel Intuition an«, erwiderte Rorden, weigerte sich jedoch, mehr zu sagen, und Alvin wandte sich wieder der Statue zu. Damit war er noch beschäftigt, als ein leises Geräusch hinter ihm seine Aufmerksamkeit fand. Rorden versank langsam im Boden. Und er lachte über den Gesichtsausdruck des Jungen.

»Ich glaube zu wissen, wie ich die Bewegung umkehren kann«, sagte er, als er verschwand. »Wenn ich nicht gleich wieder heraufkomme, wirst du mich mit einem Schwerepolarisator herausziehen müssen. Aber ich glaube nicht, daß es notwendig sein wird.«

Die letzten Worte erreichten Alwin nur noch gedämpft, und als er zum Rand der rechteckigen Öffnung lief, sah er, daß sein Freund bereits weit unter der Oberfläche war. Der Schacht vertiefte sich unheimlich schnell, bis Rorden zu einem Punkt geworden war, den man nicht mehr als Mensch zu erkennen vermochte. Dann aber begann der rechteckige Schacht zu Alvins Erleichterung wieder zu schrumpfen, bis Rorden wieder neben ihm stand wie zuvor.

Alvin starrte ihn sprachlos an, und Rorden lächelte.

»Logik«, sagte er, »vermag Wunder zu wirken, wenn sie etwas hat, woran sie arbeiten kann. Dieses Grabmal ist so einfach konstruiert, daß es nichts verbergen kann. Also mußte der einzig mögliche Geheimausgang durch den Boden sein. Ich dachte, er müsse in irgendeiner Weise markiert sein. Also suchte ich, bis ich eine Steinplatte fand, die sich von allen anderen unterschied.«

Alvin bückte sich und untersuchte den Boden.

»Aber sie ist genau wie alle anderen!« protestierte er.

Rorden legte dem Jungen die Hände auf die Schultern und drehte ihn so, daß er zur Statue blickte. Alvin starrte sie eine Weile an, dann nickte er langsam.

»Ich verstehe«, flüsterte er. »Das also ist das Geheimnis des Yarlan Zey!«

Der Blick der Statue war auf den Boden zu seinen Füßen gerichtet. Ein Irrtum war nicht möglich. Alvin stellte sich auf die nächste Platte und stellte fest, daß Yarlan Zey ihn nicht mehr ansah.

»Kein Mensch bemerkt es, wenn er nicht nach Zeichen sucht«, sagte Rorden, »und selbst dann bedeutet es scheinbar nichts. Zuerst kam ich mir ziemlich töricht vor, als ich auf dieser Platte stand und verschiedene Kombinationen von Steuerungsgedanken ausprobierte. Glücklicherweise müssen die Schaltkreise ziemlich tolerant sein, und der Gedankenkode stellte sich als ›Alaine von Lyndar‹ heraus. Zuerst versuchte ich ›Yarlan Zey‹, aber das ging nicht, wie ich hätte wissen sollen. Zu oft wäre der Mechanismus zufällig in Gang gesetzt, wenn dieser Gedankenkode gebraucht worden wäre.«

»Es hört sich sehr einfach an«, räumte Alvin ein, »aber ich glaube nicht, daß ich in tausend Jahren darauf gekommen wäre. Ist das die Arbeitsweise der Assoziatoren?«

Rorden lachte.

»Vielleicht«, sagte er. »Manchmal finde ich die Antwort, ehe sie es tun, aber sie finden die Antwort *immer.*« Er hielt einen Moment inne. »Wir werden den Schacht offen lassen müssen; es wird schon niemand hineinfallen.«

Als sie geräuschlos in die Tiefe sanken, schrumpfte das Himmelsrechteck über ihnen, bis es sehr klein war und weit entfernt schien. Der Schacht war erhellt von einer Phosphoreszenz, die Teil der Wände war, und schien wenigstens dreihundert Meter tief zu sein. Alle vier Wände waren vollkommen glatt und gaben keinen Hinweis auf die Maschinerie, die den Aufzug bewegte.

Die Tür am Boden des Schachtes öffnete sich automatisch, als sie darauf zutraten. Wenige Schritte führten sie durch den kurzen Korridor — und dann standen sie, überwältigt von den Dimensionen, in einer gewaltigen, kreisrunden Halle, deren Wände sich hundert Meter über ihnen in anmutigem Bogen zu einer Kuppel schlossen. Die Säule, an der sie standen, schien zu schlank, um die Felsmassen über ihr zu tragen. Dann bemerkte Alvin, daß sie überhaupt kein integraler Teil der Halle zu sein schien, sondern offensichtlich eine viel spätere Zutat. Rorden war zum selben Schluß gekommen.

»Diese Säule«, sagte er, »wurde eingebaut, um den Schacht aufzunehmen, durch den wir herunterkamen. Wir hatten mit unserer Vermutung über die Rollsteige recht: Sie führten alle hierher.«

Ohne sie zu deuten, hatte Alvin die Tunnelöffnungen betrachtet, die von allen Seiten in den Saal mündeten. Bei genauerem Hinsehen fiel ihm auf, daß die Tunnels leicht anstiegen und ihre Böden die vertraute graue Oberfläche der Rollsteige hatten. Hier, tief unter dem Herzen der Stadt, liefen die großartigen Transportwege zusammen, die den gesamten Verkehr von Diaspar trugen. Aber es waren nur die abgetrennten Endstücke; das Material, das ihnen Leben gab, war in Unbeweglichkeit erstarrt.

Alvin begann auf die nächstbeste Tunnelöffnung zuzugehen. Schon nach wenigen Schritten merkte er, daß mit dem Boden unter seinen Füßen etwas geschah. Er wurde transparent. Noch ein paar Schritte, und Alwin schien ohne sichtbaren Halt in der Luft zu stehen. Er hielt an und starrte in den leeren Raum unter sich.

»Rorden! Sehen Sie nur!«

Und dann blickten sie gemeinsam unter sich, wo sich ein Wunder aufgetan hatte. Dort unten, in unbestimmter Tiefe, lag schwach sichtbar eine weit ausgedehnte Übersichtskarte ausgebreitet — ein Netzwerk von Linien, die alle in einem Punkt unter dem zentralen Schacht zusammenliefen. Auf den ersten Blick schien es ein labyrinthisches Durcheinander zu sein; doch sobald sich das Auge darauf eingestellt hatte, wurden bestimmte Gesetzmäßigkeiten erkennbar. Alvin hatte kaum mit seiner eigenen Analyse begonnen, als Rorden — wie gewöhnlich — die seine beendet hatte.

»Die gesamte Bodenfläche muß einmal transparent gewesen sein«, sagte der Verwahrer der Aufzeichnungen. »Als dieser Saal verschlossen und der Schacht gebaut wurde, müssen die Ingenieure etwas getan haben, was den Boden undurchsichtig gemacht hat. Verstehst du, was das unter uns bedeutet, Alvin?«

»Ich denke schon«, erwiderte der Junge. »Es ist eine Übersichtskarte des Transportsystems, und diese kleinen Kreise müssen die anderen Städte sein. Ich kann gerade noch Namen daneben ausmachen, aber sie sind zu undeutlich, um sie zu entziffern.«

»Es muß einmal eine Beleuchtung der Karte gegeben haben«, sagte Rorden. Er betrachtete die Wände des Saales. »Dachte ich mir's doch!« rief er aus. »Siehst du, wie all diese strahlenden gleichen Linien zu den kleinen Tunnels führen?«

Alvin hatte bemerkt, daß neben den großen Öffnungen der Rollsteige ungezählte kleinere Tunnels aus der Halle führten; sie wiesen Gefälle statt Steigungen auf.

»Es war ein wunderbares System«, fuhr Rorden fort, ohne auf eine Antwort zu warten. »Die Reisenden kamen auf den Rollsteigen herunter, wählten ihren Zielort und folgten dann der entsprechenden Linie auf der Karte.«

»Und was geschah dann?« fragte Alvin.

Wie gewöhnlich mochte Rorden sich keinen Spekulationen hingeben.

»Ich habe nicht genug Informationen«, antwortete er. »Wenn man nur die Namen dieser Städte lesen könnte! Es würde vielleicht weiterhelfen.«

Alvin war weitergewandert und umging die Säule, die den Schacht beherbergte. Kurz darauf hörte Rorden seine Stimme, etwas gedämpft und überlagert von den Echos der Hallenwände.

»Was gibt es?« rief Rorden, ohne seinen Platz zu verlassen, denn er war nahe daran, eine der undeutlich zu erkennenden Bezeichnungen zu entziffern. Aber Alvins Stimme tönte beharrlich weiter, und so ging er zu ihm.

Hier war tief unter ihnen die andere Hälfte der großen Übersichtskarte, deren Netzwerk feiner Linien in alle Himmelsrichtungen ausstrahlte. Aber auf ihr war nicht alles so undeutlich: Eine der Linien, und nur diese eine, war hell beleuchtet. Sie schien keinen Zusammenhang mit dem Rest des Systems zu haben und wies wie ein leuchtender Pfeil zu einem der abwärts führenden Tunnels. Kurz vor ihrem Ende durchbohrte die Linie einen gelben Lichtkreis, der das Wort LYS trug. Das war alles.

Lange standen Alvin und Rorden und blickten auf das stumme Symbol. Für Rorden war es nicht mehr als eine weitere Frage, die er seinen Maschinen stellen konnte, aber für Alwin lag grenzenlose Verheißung in diesem Signal. Er versuchte sich die große Halle vorzustellen, wie sie in den alten Zeiten gewesen sein mußte, als der Lufttransport zu Ende gegangen war, die Städte der Erde aber immer noch Handel miteinander trieben. Er dachte an die ungezählten Millionen Jahre, in denen der Personen- und Warenverkehr allmählich abgenommen hatte und die Lichter auf der Übersichtskarte eines nach dem anderen erloschen waren, bis zuletzt nur diese einzige Linie geblieben war. Wie lange mochte sie hier zwischen ihren erloschenen Gefährten geleuchtet und darauf gewartet haben, die Schritte zu lenken, die niemals kamen, bis Yarlan Zey schließlich die Rollsteige geschlossen und Diaspar von der Welt abgetrennt hatte?

Das war vor Hunderten von Millionen Jahren gewesen. Schon damals mußte Lys die Verbindung mit Diaspar verloren haben. Es schien unmöglich, daß diese andere Stadt überlebt hatte, daß die Verbindung noch immer intakt war. Vielleicht hatte die Karte nichts mehr zu bedeuten, und es war rein zufällig, daß diese Linie noch leuchtete, während alle anderen erloschen waren.

Rorden unterbrach seine Spekulationen. Er schien ein wenig nervös, und es war ihm unbehaglich.

»Es ist Zeit, daß wir umkehren«, sagte er. »Ich glaube nicht, daß wir jetzt weitergehen sollten.«

Alvin erkannte die Untertöne in der Stimme seines väterlichen Freundes und machte keine Einwände. Nur allzu gern wäre er weitergegangen, aber die Vernunft sagte ihm, daß es nicht klug wäre, sich ohne weitere Vorbereitung dem Transportsystem anzuvertrauen. Zögernd wandte er sich wieder der zentralen Säule zu. Auf dem Weg zum Schacht wurde der Boden unter ihm allmählich wieder undurchsichtig und verhüllte das Rätsel in der Tiefe.

4

Der unterirdische Weg

Nun, da er endlich den Weg aus der Stadt gefunden hatte, empfand Alvin ein unerwartetes Widerstreben, die vertraute Welt von Diaspar zu verlassen. Er machte die Entdeckung, daß er selbst nicht immun gegen die Befürchtungen war, die er in anderen so oft verspottet hatte.

Einmal oder zweimal hatte Rorden versucht, ihn von seinem Plan abzubringen, aber die Bemühungen waren halbherzig gewesen. Einem Menschen der Frühzeit wäre es seltsam vorgekommen, daß weder Alvin noch Rorden eine Gefahr darin sahen, was sie taten. Seit Millionen Jahren hatte man in Diaspar nichts gekannt, was den Menschen bedrohlich werden konnte, und selbst Alvin vermochte sich keine menschliche Wesen vorzustellen, die sich wesentlich von jenen unterschieden, die er in Diaspar kannte. Daß er irgendwo und von irgendwem gegen seinen Willen festgehalten werden könnte, war für ihn ein völlig unvorstellbarer Gedanke. Schlimmstenfalls konnte er nur das Pech haben, nichts zu entdecken.

Drei Tage später standen sie wieder in der verlassenen Halle des Transportsystems. Unter ihren Füßen zeigte der beleuchtete Pfeil noch immer auf Lys — und jetzt waren sie bereit, ihm zu folgen.

Als sie den Tunnel betraten, spürten sie den vertrauten Zug des peristaltischen Feldes und wurden mühelos in die Tiefe getragen. Die Reise dauerte kaum eine halbe Minute: Als sie endete, sahen sie sich am Ende eines langen, schmalen Raumes von der Form eines

Halbzylinders. Am entgegengesetzten Ende führten zwei trübe beleuchtete Tunnels ins Dunkle.

Für Menschen nahezu jeder Zivilisation in der Frühzeit wäre die Umgebung völlig vertraut gewesen, doch für Alvin und Rorden war sie ein Blick in eine andere Welt. Der Zweck der langen, stromlinienförmigen Maschine, die wie ein Projektil vor einer der Tunnelröhren lag, war offensichtlich, aber das tat der Neuartigkeit keinen Abbruch. Die obere Hälfte dieser Maschine war durchsichtig und gab den Blick auf einen Innenraum mit Reihen luxuriös ausgestatteter Sitze frei. Die ganze Maschine schwebte ungefähr dreißig Zentimeter über einer einzigen Metallschiene, die in die Tunnelröhre führte. Ein Eingang war nicht zu sehen. Ein paar Meter davon entfernt führte eine zweite Schiene in den anderen Tunnel, aber sie war unbesetzt. Alvin wußte, als habe man es ihm gesagt, daß die zweite Maschine irgendwo unter dem unbekannten, weit entfernten Lys in einer Station wie dieser wartete.

»Nun«, sagte Rorden etwas lahm, »bist du bereit?«

Alvin nickte.

»Ich wünschte, Sie würden mitkommen«, sagte er — und bedauerte es gleich darauf, als er die Beunruhigung im Gesicht des anderen sah. Rorden war der engste Freund, den er je gehabt hatte, aber er konnte die Barrieren nicht durchbrechen, die sein Volk um sich errichtet hatte.

»Ich werde in sechs Stunden zurück sein.« Alvin fand es schwierig, zu sprechen, denn in seiner Kehle war eine unerklärliche Beengung. »Warten Sie nicht hier auf mich. Wenn ich frühzeitig zurückkomme, werde ich Sie rufen — es muß hier irgendwo einen Kommunikator geben.«

Es klang alles sehr beiläufig und selbstverständlich,

sagte sich Alwin, doch er erschrak trotzdem, als sich in der Wand der Maschine eine Öffnung auftat.

»Du wirst keine Probleme mit der Beherrschung der Maschine haben«, sagte Rorden, und Alvin hörte aus der Art, wie sein Mentor sprach, daß er sehr angespannt war. »Hast du gesehen, wie sie meinem Gedanken gehorcht? Du solltest schnell einsteigen, falls eine fixierte Zeitverzögerung eingebaut ist.«

Alvin stieg an Bord und legte seine Habseligkeiten auf den nächsten Sitz. Dann wandte er sich zu Rorden um, der draußen vor der kaum sichtbaren Türöffnung stand. In einem Augenblick angespannter Stille wartete jeder darauf, daß der andere spreche.

Die Entscheidung blieb ihnen erspart. Das Licht setzte einen Moment aus, und der Eingang schloß sich. Als Rorden die Hand zum Abschiedsgruß erhob, setzte sich die lange, zylindrische Maschine bereits in Bewegung. Bevor sie den Tunnel erreicht hatte, glitt sie schon schneller dahin, als ein Mann laufen konnte.

Langsam kehrte Rorden zurück zur Halle mit ihrer großen, zentralen Säule. Als er zur Oberfläche emporstieg, schien die Sonne in den offenen Schacht, und bei seiner Ankunft im Grabmal des Yarlan Zey war er ein wenig verwirrt, aber nicht überrascht, eine Gruppe neugieriger Zuschauer um sich versammelt zu sehen.

»Es besteht kein Anlaß zur Beunruhigung«, sagte er ernst. »Jemand muß dies alle paar tausend Jahre tun, obwohl es kaum erforderlich scheint. Die Fundamente der Stadt sind vollkommen stabil — sie haben sich nicht um einen Millimeter verschoben, seit der Park angelegt wurde.«

Er nickte ihnen zu und schritt davon, und als er das Grabmal mit seinem Säulenumgang verlassen hatte, zeigte ihm ein schneller Blick über die Schulter, daß sich die Gruppe bereits verlaufen hatte. Rorden kannte seine Mitbürger gut genug, um überzeugt davon zu sein, daß sie nicht weiter über den Vorfall nachdenken würden.

Alvin ließ sich in den gepolsterten Sitz sinken und sah sich im Inneren der Maschine um. In die vordere Wand war eine Anzeigetafel eingelassen. Sie trug die einfache Botschaft:

LYS
35 MINUTEN

Während er sie beobachtete, veränderte sich die Anzeige zu 34. Das war immerhin eine nützliche Information, obwohl er keine Ahnung von der Geschwindigkeit der Maschine hatte und die zurückgelegte Entfernung nicht schätzen konnte. Die Wände des Tunnels waren ein verschwommenes Grau, und das einzige Gefühl von Bewegung war eine leichte Vibration, die er nicht bemerkt haben würde, hätte er sie nicht erwartet.

Diaspar mußte bereits viele Meilen hinter ihm liegen, und über ihm mußte die Wüste mit ihren Wanderdünen sein. Vielleicht raste er in diesem Augenblick unter den zerklüfteten Hügeln dahin, die er als Kind vom Turm von Loranne aus am Horizont gesehen hatte.

Seine Gedanken beschäftigten sich wieder mit Lys, wie sie es die letzten paar Tage beinahe ständig getan hatten. Er fragte sich, ob die Stadt noch existiere, und machte sich abermals Mut mit der Überlegung, daß die Maschine ihn andernfalls nicht dorthin tragen würde. Von welcher Art mochte die Stadt sein? Selbst die größten Anstrengungen seiner Phantasie konnten ihm nur eine andere und kleinere Version von Diaspar zeigen.

Auf einmal gab es eine deutlich wahrnehmbare Veränderung in der Vibration. Die Maschine verlangsamte die Geschwindigkeit, das sagte ihm sein Gefühl. Die Zeit mußte schneller vergangen sein, als er angenommen hatte: Einigermaßen überrascht blickte Alvin zur Anzeigetafel.

LYS
23 MINUTEN

Verwirrt und ein wenig besorgt spähte er hinaus. Die Geschwindigkeit ließ die Tunnelwände nach wie vor zu einem gleichförmigen Grau verschwimmen, doch er konnte nun von Zeit zu Zeit flüchtige Blicke auf Markierungen werfen, die beinahe so rasch verschwanden, wie sie erschienen waren. Und bei jedem Auftauchen schienen sie ein wenig länger in seinem Gesichtsfeld zu bleiben.

Dann verschwanden die Tunnelwände zu beiden Seiten plötzlich, und die Maschine durchraste mit sehr hoher Geschwindigkeit einen enormen, leeren Raum, weit größer noch als die runde Ausgangshalle.

Durch die transparenten Wände spähend, konnte Alvin am Boden ein kompliziertes Netzwerk von Leitschienen sehen, die einander kreuzten und wieder kreuzten, um zu beiden Seiten in verschiedenen Tunnelöffnungen zu verschwinden. Von der Decke her durchflutete eine lange Reihe künstlicher Sonnen die weitläufige Halle mit Licht, und in ihrem blendenden Licht konnte er die Umrisse großer Transportmaschinen sehen. Das Licht war so blendend hell, daß es in den Augen schmerzte, und Alvin wurde klar, daß dieser Ort nicht für Menschen bestimmt war. Einen Augenblick später erkannte er seinen Zweck, als sein Fahrzeug an Reihen von Zylindern vorbeijagte, die bewegungslos auf ihren Leitschienen lagen. Sie waren größer als die Maschine, in der er reiste, und mußten für den Transport von Frachten bestimmt sein. Um sie waren zahlreiche andere, für ihn unverständliche Maschinen gruppiert, alle ohne Zeichen von Aktivität.

Beinahe so rasch, wie sie erschienen war, verschwand die riesige, verlassene, unterirdische Halle wieder. Sie ließ in Alvins Bewußtsein ein Gefühl von Ehrfurcht zurück, denn zum erstenmal verstand er die Bedeutung der ausgedehnten, dunklen Übersichtskarte unter Diaspar. Die Welt war voller Wunder.

Wieder blickte er zur Anzeigetafel. Sie hatte sich nicht verändert: Er war in weniger als einer Minute durch die riesenhafte, unterirdische Halle gerast. Die Maschine beschleunigte wieder, obwohl es noch immer kein Gefühl von Bewegung gab. Aber zu beiden Seiten flogen die Tunnelwände mit einer Geschwindigkeit vorüber, die er nicht einmal erahnen konnte.

Eine Ewigkeit schien zu vergehen, ehe dieser undefinierbare Wechsel der Vibration wiederkehrte. Nun stand auf der Anzeigetafel:

LYS
1 MINUTE

Diese Minute war die längste, die Alvin je erlebt hatte. Die Maschine verlangsamte mehr und mehr und glitt lautlos aus der Tunnelröhre in eine langgestreckte Höhle, die das genaue Gegenstück von derjenigen unter Diaspar zu sein schien. Einen Augenblick lang war Alwin zu aufgeregt, um etwas deutlich wahrzunehmen. Seine Gedanken purzelten durcheinander, und er konnte nicht einmal durch die Tür gehen, die sich mehrere Male öffnete und schloß. Bevor er dann endlich aus der Maschine sprang, warf er einen letzten Blick auf die Anzeigetafel. Ihre Anzeige hatte sich verändert und trug jetzt eine Botschaft, die sehr beruhigend war:

DIASPAR
35 MINUTEN

5

Das Land Lys

So einfach war es gewesen. Niemand ahnte, daß er eine Reise angetreten hatte, die nicht weniger schicksalsschwer war als manch andere Geschichte in der Menschheit.

Als er sich auf die Suche nach einem Ausgang machte, stieß Alwin auf das erste Zeichen, das ihm sagte, daß er in einer Zivilisation war, die sich stark von der unterschied, die er verlassen hatte. Der Weg zur Oberfläche führte durch einen niedrigen, breiten Tunnel an einem Ende der langgestreckten, halbzylindrischen Höhle — und durch den Tunnel führte eine Treppe abwärts. Eine Treppe war in Diaspar so selten, daß sie beinahe unbekannt war. Die Maschinen schätzten keine Treppen, und die Architekten der Stadt hatten Rampen oder geneigte Korridore gebaut, wenn ein Wechsel von einer Ebene zu einer anderen erforderlich war. War es möglich, daß es in Lys keine Maschinen gab? Der Gedanke war so abwegig, daß Alvin ihn sofort wieder verwarf.

Die Treppe war sehr kurz und endete an einer Doppeltür, die sich bei seiner Annäherung öffnete. Als die Flügel sich lautlos hinter ihm schlossen, fand Alvin sich in einem großen, würfelförmigen Raum, der keinen anderen Ausgang zu haben schien. Er stand eine Weile ratlos, ehe er sich an die Untersuchung der gegenüberliegenden Wand machte. Als er das tat, ging die Tür, durch die er gekommen war, wieder auf und Alvin ging wieder hinaus. Nun stand er in einem überwölbten Korridor, der langsam zu einem Torbogen anstieg. In seinem Halbrund war ein Stück Himmel zu sehen. Entweder verlief das Transportsystem hier dicht unter der Erdoberfläche, oder er mußte Hunderte von Metern aufgestiegen sein, ohne es zu bemerken. Er hielt sich nicht lange mit Überlegungen auf und eilte die Steigung hinauf zur sonnenbeschienenen Öffnung.

Er stand am Rand eines niedrigen Hügels, und einen Augenblick lang schien es, als sei er wieder im Zentralpark von Diaspar. Doch wenn dies wirklich ein Park war, dann hatte er eine Ausdehnung, die sich Alvins Fassungsvermögen entzog. Die Stadt, die zu sehen er erwartet hatte, war nicht da. Soweit das Auge reichte, gab es nichts als Wald und Ebenen mit Wiesen und Feldern. Dann hob er den Blick zum Horizont und sah dort, über den Bäumen, eine Linie heller Steinmauern, die sich in einem großen Bogen von rechts nach links zog. Sie war so mächtig, daß sie die höchsten Türme von Diaspar zwergenhaft erscheinen ließ. Da sie weit entfernt war, konnte Alvin ihre Einzelheiten nicht deutlich erkennen, aber ihre Umrisse machten ihn stutzig. Als sich seine Augen dann an die Maßstäbe dieser kolossalen Landschaft gewöhnt hatten, begriff er, daß diese weit entfernten Mauern nicht von Menschen erbaut worden waren.

Die Zeit hatte also nicht alles bezwungen: Noch immer besaß die Erde ihre Berge.

Lange stand Alvin unter dem Torbogen der Tunnelöffnung und betrachtete die seltsame Welt, in der er sich wiedergefunden hatte. Nirgends war menschliches Leben zu erblicken. Aber die Straße, die über den Hang des Hügels führte, schien gut instandgehalten: Er konnte nichts anderes tun, als sich ihrer Führung anzuvertrauen.

Am Fuß des Hügels verschwand die Straße zwischen mächtigen Bäumen, die fast kein Sonnenlicht durchließen. Als Alvin in ihrem Schatten dahinging, gewahrte er ein fremdartiges Gemisch von Düften und Geräuschen. Das Rascheln des Windes im Laub kannte er vom Zentralpark, aber in dieses Rascheln mischten sich Tausende von unbestimmten Tönen und Geräuschen, für die seine Erfahrung keine Erklärung hatte. Unbekannte Düfte wehten ihn an, Gerüche, die sogar der Erinnerung seines Volkes verlorengegangen waren. Die Wärme, die Fülle von Düften und Farben und die Gegenwart von Millionen Lebewesen, die er nicht sehen konnte, überfielen ihn mit beinahe körperlicher Gewalt.

Unvermittelt stieß er auf den See. Zu seiner Rechten hörte der Wald plötzlich auf, und vor ihm lag eine weite Wasserfläche, gesprenkelt mit winzigen Inseln. Noch nie hatte Alvin solche Mengen der kostbaren Flüssigkeit gesehen; er ging ans Ufer, kauerte nieder und ließ das warme Wasser durch seine Finger rieseln.

Ein großer, silbriger Fisch, der aus seinem Versteck zwischen den Wasserpflanzen floh, war das erste nichtmenschliche Geschöpf, das er je gesehen hatte. Als das Tier sich mit schnellen Schlägen seiner Schwanzflosse entfernte, wunderte sich Alvin, daß die Gestalt ihm so vertraut vorkam. Dann erinnerte er sich an die Aufzeichnungen, die Jeserac ihm in seiner Kindheit gezeigt hatte, und wußte, wo er diese eleganten und anmutigen Formen schon einmal gesehen hatte. Die Logik sagte ihm, daß die Ähnlichkeit nur zufällig sein könnte — aber die Logik war falsch.

Durch alle Zeitalter hatten Künstler in der Schönheit der großen Schiffe, die von Welt zu Welt flogen, Inspiration gefunden. Hier hätten diese Künstler ungleich feinere und anmutigere Formen gefunden, die sie in der Schönheit ihrer Bewegungen hätten darstellen können. Es kam einem Wunder gleich, daß diese in Diaspar längst vergessenen Lebensformen den Übergang von Städten und die Verödung von Kontinenten überlebt hatten.

Endlich riß Alvin sich vom Zauber des Sees los und folgte weiter der gewundenen Straße. Wieder schloß sich der Wald um ihn, aber nur für kurze Zeit, dann endete die Straße auf einer weiten Lichtung, die vielleicht eine halbe Meile breit und doppelt so lang war. Nun wurde Alvin klar, warum er bis jetzt keine Spur einer menschlichen Besiedlung gesehen hatte.

Auf der Lichtung standen zahlreiche niedrige, ein- und zweigeschossige Gebäude, deren matte Farben dem Auge selbst in voller Sonnenglut Erholung boten. Sie zeigten klare Linien und der Landschaft angepaßte Formen. Aber da waren auch mehrere in einem abweichenden architektonischen Stil erbaut. Sie hatten Schmuckelemente wie kannelierte Säulen und durchbrochenes Gitterwerk. In diesen Gebäuden, die ein hohes Alter zu haben schienen, fand sich auch die uralte Architekturform des Spitzbogens.

Als er langsam auf das Dorf zuging, rang Alvin noch immer mit der Fülle von Eindrücken, die in dieser neuen Umgebung von allen Seiten auf ihn eindrangen. Nichts war vertraut: Sogar die Luft war anders. Und die hochgewachsenen, blonden Menschen, die sich zwischen den Häusern bewegten, waren sehr verschieden von den schlaffen Bewohnern Diaspars.

Alvin hatte den Dorfrand fast erreicht, als er eine Gruppe von Männern zielbewußt auf sich zukommen sah. Eine fast rauschhafte Erregung überkam ihn, und das Blut pochte dumpf in seinen Schläfen. Für einen

Augenblick schoß ihm die Erinnerung an alle schicksalsträchtigen Begegnungen des Menschen mit anderen Rassen durch den Kopf, bis er dann ein paar Schritte vor den anderen stehenblieb.

Sie schienen nicht besonders überrascht zu sein, ihn zu sehen, und rasch begriff er, warum das so war. Der Anführer der Gruppe streckte ihm die Hand in der alten Geste der Freundschaft entgegen.

»Wir fanden es richtig, dich hier zu empfangen«, sagte er. »Unser Heim ist sehr verschieden von Diaspar, und der Weg von Terminus gibt Besuchern die Gelegenheit, sich zu akklimatisieren.«

Alvin nahm die ausgestreckte Hand, war aber zu verblüfft, um zu antworten.

»Sie wußten, daß ich komme?« stieß er hervor.

»Wir wissen es immer, wenn die Fahrzeuge sich in Bewegung setzen. Aber wir erwarteten keinen so jungen Mann. Wie hast du den Weg entdeckt?«

»Ich glaube, wir sollten unsere Neugierde zügeln, Gerane. Seranis wartet.«

Der Name »Seranis« war von einem Wort begleitet, das Alvin unbekannt war. Es übermittelte einen unbestimmten Eindruck von Zuneigung, gemäßigt durch Respekt.

Gerane stimmte dem Sprecher zu, und die Gruppe nahm Alvin in die Mitte und zog mit ihm ins Dorf. Unterwegs musterte Alvin ihre Gesichter. Sie wirkten freundlich und intelligent: Er fand nichts von den Anzeichen inneren Zwiespalts, verkümmerten Scharfsinns und Langeweile, die er wohl bei einer ähnlichen Gruppe in seiner Heimatstadt hätte beobachten können. Sie schienen all das zu besitzen, was sein eigenes Volk verloren hatte. Wenn sie lächelten, was häufig war, zeigten sie ebenmäßige, elfenbeinweiße Zähne —

die Perlen, die der Mensch verloren und gewonnen und in der langen Geschichte der Evolution wieder verloren hatte.

Die Bewohner des Dorfes beobachteten Alvin mit offener Neugier. Zu seiner Verblüffung sah er nicht wenige Kinder, die ihn in ernster Verwunderung anstarrten. Keine andere einzelne Tatsache brachte ihm die Entfernung von der ihm bekannten Welt lebhafter zu Bewußtsein. Diaspar hatte den Preis der Unsterblichkeit in voller Höhe bezahlt.

Die Gruppe hielt vor dem größten Gebäude, das Alvin bis dahin gesehen hatte. Es stand in der Mitte des Dorfes, und von einem Fahnenmast auf seinem kleinen Rundturm wehte ein grüner Wimpel in der leichten Brise. Während die anderen zurückblieben, ging Gerane mit ihm in das Gebäude. Es war still und kühl; Sonnenschein drang durch die hohen, schmalen Fenster und erfüllte, gedämpft durch helle Vorhänge, alles mit einem weichen, ruhevollen Licht. Der Boden war glatt und mit feinen Mosaiken ausgelegt. An den Wänden hatte ein Künstler von großer Fähigkeit und Gestaltungskraft eine Anzahl von Waldszenen dargestellt. In einer Wandnische stand etwas, das er kaum erwartet hatte — ein Videofon in einem schön gearbeiteten Gehäuse, dessen kleiner Bildschirm ein Labyrinth ständig wechselnder Farben zeigte.

Sie erstiegen eine kurze, kreisförmige Treppe, die auf das flache Dach des Gebäudes führte. Von hier aus konnte man das ganze Dorf überblicken, und Alvin schätzte, daß es aus ungefähr einhundert Häusern bestand. In der Ferne, jenseits des Dorfes, erstreckten sich Felder und Weiden. Dort konnte er Tiere sehen, aber seine Kenntnisse der Biologie waren so gering, daß er die Art der Tiere nicht erkannte.

Zwei Personen saßen zusammen an einem Tisch und beobachteten ihn aufmerksam. Als sie zur Begrüßung aufstanden, sah Alvin, daß eine von ihnen eine würdevolle, sehr stattliche Frau war, deren goldenes Haar mit grauen Strähnen durchzogen war. Dies mußte Seranis sein. Als er in ihre Augen blickte, spürte er die gleiche Weisheit und Tiefe der Erfahrung, die er bei Rorden und, etwas seltener, bei Jeserac fühlte.

Die andere Person war ein junger Bursche, dem Anschein nach ein wenig älter als er selbst, und Alvin brauchte nicht zweimal hinzusehen, um zu erkennen, daß Seranis seine Mutter sein mußte. Die klaren, feingeschnittenen Züge waren die gleichen, obwohl die Augen nur Freundlichkeit und nicht diese beinahe beängstigende Weisheit zeigten. Auch die Haarfarbe war verschieden — dunkel statt blond —, aber niemand hätte die Verwandtschaft zwischen ihnen verkennen können.

Alvin fühlte sich ein wenig eingeschüchtert und wollte bei seinem Führer Unterstützung finden. Aber Gerane war verschwunden. Doch dann lächelte Seranis, und seine Nervosität verließ ihn.

»Willkommen in Lys«, sagte sie. »Ich bin Seranis, und dies ist mein Sohn Theon, der eines Tages meinen Platz einnehmen wird. Du bist der Jüngste, der jemals von Diaspar zu uns gekommen ist; sag mir, wie du den Weg gefunden hast.«

Stockend zuerst, dann mit wachsendem Selbstvertrauen begann Alvin seine Geschichte. Theon folgte seiner Schilderung mit gespannter Aufmerksamkeit. Diaspar mußte ihm so fremd sein, wie Lys es für Alvin gewesen war. Seranis aber schien bereits zu wissen, was er ihr erzählte, und einige Male stellte sie ihm Fragen, die verrieten, daß ihr Wissen zumindest in einigen Dingen über sein eigenes hinausging. Als er geendet hatte, blieben sie eine Weile still. Dann sah Seranis ihn forschend an und fragte: »Warum bist du nach Lys gekommen?«

»Ich wollte die Welt erkunden«, erwiderte er. »Alle sagten mir, es gebe außerhalb der Stadt nur Wüste, aber ich wollte mich vergewissern.«

Ihre Augen waren voll Mitgefühl, aber auch voll Traurigkeit, als sie wieder das Wort nahm:

»Und war das der einzige Grund?«

Alwin zögerte. Als er antwortete, war es nicht der Entdecker, der sprach, sondern der Junge, der seiner Kindheit noch nicht lange entwachsen war.

»Nein«, sagte er, »es war nicht der einzige Grund, obwohl ich es bis jetzt nicht gewußt habe. Ich war einsam.«

»Einsam? In Diaspar?«

»Ja«, sagte Alvin. »Ich bin das einzige Kind, das dort seit siebentausend Jahren geboren worden ist.«

Der Blick dieser wundervollen Augen ruhte weiter auf ihm, und als er in ihre Tiefen blickte, gewann Alvin die Überzeugung, daß Seranis seine Gedanken lesen konnte. Kaum hatte er es gedacht, da sah er schon einen Ausdruck erheiterter Überraschung in ihren Zügen und wußte, daß er richtig vermutet hatte. Einst hatten Menschen und Maschinen diese Gabe besessen, und die unveränderten Maschinen konnten noch immer die gedanklichen Anweisungen ihrer Herren lesen. Aber in Diaspar hatte der Mensch selbst die Fähigkeit eingebüßt, die er seinen Sklaven gegeben hatte.

Seranis unterbrach seinen Gedankengang.

»Wenn du nach Leben suchst«, sagte sie, »ist deine Suche beendet. Abgesehen von Diaspar gibt es jenseits unserer Berge nur Wüste.«

Es war seltsam, daß Alvin, der in der Vergangenheit so oft feststehende Glaubenssätze in Zweifel gezogen hatte, Seranis' Worten ohne weiteres glaubte. Seine einzige Reaktion war Traurigkeit. Traurigkeit darüber, daß alles, was er gelernt hatte, annähernd der Wahrheit entsprach.

»Erzählen Sie mir über Lys«, sagte er. »Warum waren Sie so lange von Diaspar getrennt, wenn Sie doch alles über uns wissen?«

Sie lächelte über seine Frage.

»Das ist mit wenigen Worten nicht leicht zu erklären, aber ich werde es versuchen.

Weil du dein ganzes Leben in Diaspar verbracht hast, hast du dir angewöhnt, den Menschen als Stadtbewohner zu sehen. Das ist nicht richtig, Alvin. Seit die Maschinen uns Freiheit gegeben haben, hat es immer Rivalitäten zwischen zwei Lebensweisen oder Zivilisationsformen gegeben. In der Frühzeit gab es Tausende von Städten, aber es gab auch Menschen, die in kleinen Gemeinden wie diesem Dorf lebten.

Wir haben keine Aufzeichnungen über die Gründung von Lys, aber wir wissen, daß unsere fernen Vorfahren das Stadtleben entschieden ablehnten und nichts damit zu tun haben wollten. Trotz eines schnellen und allgemeinen Transportsystems hielten sie sich vom Rest der Welt weitgehend fern und entwickelten eine unabhängige und eigenständige Kultur, die neben jeder anderen dieser Rasse bestehen konnte.

Über die Zeiten hinweg gingen wir verschiedene Wege, und allmählich wurde die Kluft zwischen Lys und den Städten größer. Sie wurde nur in Krisenzeiten überbrückt: Als der Mond auf die Erde zu fallen drohte, wurde seine Zerstörung von den Wissenschaftlern aus Lys geplant und durchgeführt. Genauso verhielt es sich mit der Verteidigung der Erde gegen die Eindringlinge, die wir in der Schlacht von Shalmirane aufhielten.

Diese schwere Heimsuchung erschöpfte die Menschheit; sie war nicht mehr imstande, der fortschreitenden Austrocknung und Erosion durch weltweite Aufforstungsprogramme Einhalt zu gebieten. Die Städte verödeten eine nach der anderen, die Wüsten breiteten sich aus und deckten sie zu. Begleitet wurde dieser Prozeß von einem dramatischen Bevölkerungsrückgang und der Auswanderung aus den unfruchtbar gewordenen Landstrichen. Diese Auswanderung sollte Diaspar zu der letzten und größten aller Städte machen.

Die meisten dieser Veränderungen gingen an uns vorüber, aber auch uns wurde nichts geschenkt. Doch statt aufzugeben, nahmen wir den Kampf gegen die Ausbreitung der Wüste auf. Die natürliche Barriere der Berge reichte nicht aus, und viele tausend Jahre vergingen, bis wir unser Land geschützt und die Wasserversorgung gesichert hatten. Tief unter Lys ist ein System von Pumpen und Rohrleitungen, das unsere Bewässerungsanlage speisen wird, solange es Menschen gibt, die es instandhalten, denn in den tieferen Schichten der Erdkruste lagern noch enorme Wassermengen.

Das ist mit kurzen Worten unsere Geschichte. Du wirst sehen, daß wir auch in der Frühzeit wenig mit den Städten zu schaffen hatten, obwohl ihre Bewohner oft in unser Land kamen. Wir hinderten sie nicht daran. Viele unserer größten Männer kamen von dort. Aber als die Städte zugrunde gingen, wollten wir nicht in ihren Niedergang mit hineingezogen werden. Mit dem Ende des Lufttransports gab es nur noch einen Weg nach Lys — das unterirdische Transportsystem von Diaspar. Es wurde vor vierhundert Millionen Jahren in einem beiderseitigen Übereinkommen geschlossen. Aber wir haben uns an Diaspar erinnert, und ich weiß nicht, warum ihr Lys vergessen habt.«

Seranis lächelte ein wenig schief.

»Diaspar hat uns überrascht. Wir haben erwartet, daß es den Weg aller Städte geht. Doch hat es eine stabile Kultur erreicht, die Versorgungslage gemeistert — wie, das weiß ich nicht —, und es mag noch lange Zeiten überdauern. Es ist keine Kultur, die wir bewundern, doch wir freuen uns, daß diejenigen, die ihr entkommen wollen, die Möglichkeit dazu gefunden haben. Mehr Menschen, als du glaubst, haben diese Reise gemacht, und sie waren fast alle hervorragende Persönlichkeiten.«

Alvin fragte sich, wie Seranis ihrer Fakten so sicher sein konnte, und ihre Einstellung zu Diaspar billigte er auch nicht. Man konnte schwerlich sagen, daß er »entkommen« war, aber letzten Endes war das Wort auch nicht ganz unrichtig.

Irgendwo vibrierte eine große Glocke mit tiefem Dröhnen, das lange in der stillen Luft nachhallte. Sechsmal schlug sie, und als der letzte Ton in der Stille erstarb, bemerkte Alvin, daß die Sonne tief über dem Horizont stand und der Osthimmel bereits die aufziehende Nacht andeutete.

»Ich muß zurück nach Diaspar«, sagte er. »Rorden erwartet mich.«

6

Der letzte Niagara

Seranis sah ihn gedankenvoll an, dann erhob sie sich und ging zur Treppe.

»Bitte warte noch ein wenig«, sagte sie. »Ich habe noch etwas zu tun, und Theon wird viele Fragen haben, die er dir stellen möchte.«

Dann war sie fort, und in den nächsten Minuten vertrieb Theons Attacke von Fragen alle anderen Gedanken aus seinem Kopf. Theon hatte von Diaspar gehört und sogar Aufzeichnungen anderer Städte aus ihrer Blütezeit gesehen, aber er konnte sich nicht vorstellen, wie die Bewohner einer Stadt ihr Leben verbrachten. Viele seiner Fragen erheiterten Alvin — bis ihm klar wurde, daß seine Unwissenheit über Lys noch größer war.

Seranis blieb lange aus, und als sie zurückkam, verriet ihre Miene nichts.

»Wir haben über dich gesprochen«, sagte sie, ohne zu erklären, wer »wir« sein mochte. »Wenn du nach Diaspar zurückkehrst, wird die ganze Stadt von uns wissen. Gleichgültig, welche Versprechungen du machst, das Geheimnis ließe sich nicht wahren.«

In Alvin begann ein Gefühl von Panik um sich zu greifen. Seranis blieben seine Gedanken nicht verborgen, und ihre nächsten Worte waren beruhigender.

»Wir möchten dich nicht gegen deinen Willen hier festhalten, aber wenn du nach Diaspar zurückkehrst, werden wir alle Erinnerungen an Lys aus deinem Bewußtsein tilgen müssen.« Sie zögerte einen Moment. »Diese Situation hat sich früher nie ergeben: Alle deine Vorgänger kamen hierher, um zu bleiben.«

Alvin dachte angestrengt nach.

»Warum sollte es etwas ausmachen, wenn Diaspar wieder von Ihnen erfährt?« sagte er. »Sicherlich wäre es für beide Völker eine gute Sache.«

Seranis machte ein mißvergnügtes Gesicht.

»Wir denken nicht so«, sagte sie. »Käme es zur Öffnung der Schleusentore, so würde unser Land überflutet von sensationshungrigen und neugierigen Müßiggängern aus Diaspar. Wie die Dinge jetzt liegen, haben nur die Besten deines Volkes den Weg zu uns gefunden.«

Alvin fühlte sich verletzt und zunehmend ärgerlich, erkannte aber, daß Seranis' Einstellung unbewußt war, weil sie einem alten Vorurteil entsprang.

»Das ist nicht wahr«, widersprach er ihr. »Sehr wenige von uns würden Diaspar jemals verlassen. Wenn Sie mich zurückkehren lassen, würde es für Lys keinen Unterschied bedeuten.«

»Die Entscheidung liegt nicht bei mir«, erwiderte Seranis, »aber ich werde deine Meinung dem Rat vortragen, wenn er in drei Tagen zusammentritt. Bis dahin kannst du als mein Gast dableiben, und Theon wird dir unser Land zeigen.«

»Das würde mir sehr gefallen«, sagte Alvin, »aber Rorden wird auf mich warten. Er weiß, wo ich bin, und wenn ich nicht sofort zurückkehre, kann etwas Unvorhergesehenes geschehen.«

Seranis lächelte knapp.

»Wir haben darüber nachgedacht«, antwortete sie. »Es wird gegenwärtig an dem Problem gearbeitet. Wir werden sehen, ob eine Lösung gefunden worden ist.«

Alvin ärgerte sich, daß er etwas so Offensichtliches übersehen hatte. Er wußte, daß die Ingenieure der Vergangenheit für die Ewigkeit gebaut hatten — seine Reise nach Lys war ein Beweis dafür gewesen. Gleichwohl war es ein Schock für ihn, als die bewegten chromatischen Muster auf dem Bildschirm des Videofons verblaßten und den Blick in Rordens vertrautes Arbeitszimmer freigaben.

Der Verwahrer der Aufzeichnungen blickte von seinem Schreibtisch auf. Ein Leuchten kam in seine Augen, als er Alvin sah.

»Ich erwartete dich nicht so früh«, sagte er — hinter den halb scherzhaft hingeworfenen Worten verbarg sich unverkennbar Erleichterung. »Soll ich dich abholen?«

Während Alvin noch zögerte, trat Seranis hinzu, und Rorden sah sie zum erstenmal. Seine Augen weiteten sich, und er beugte sich unwillkürlich vor.

Seranis legte die Hände auf Alvins Schultern und begann zu sprechen. Als sie geendet hatte, blieb Rorden eine Weile stumm.

»Ich werde mein Möglichstes tun«, sagte er endlich. »Wenn ich Sie recht verstehe, wollen Sie Alvin entweder unter einer Art Hypnose zu uns zurückschicken — oder unter gewissen Voraussetzungen ohne Einschränkungen irgendwelcher Art. Nun, ich denke, ich kann versprechen, daß Diaspar Sie weiterhin ignorieren wird, selbst wenn es von Ihrer Existenz erfährt.«

»Wir werden diese Möglichkeit nicht übersehen«, erwiderte Seranis reserviert. Rorden bemerkte es sofort.

»Und was ist mit mir?« fragte er lächelnd. »Ich weiß jetzt soviel wie Alvin.«

»Alvin ist ein Junge«, entgegnete Seranis, »aber Sie sind Träger eines Amtes, das so alt ist wie Diaspar. Dies ist nicht das erste Mal, daß Lys mit dem Verwahrer der Aufzeichnungen gesprochen hat, und er hat unser Geheimnis noch nie verraten.«

Rorden ging nicht darauf ein und sagte: »Wie lange wollen Sie Alvin bei sich behalten?«

»Höchstens fünf Tage. Der Rat tritt in drei Tagen zusammen.«

»Sehr gut: Die nächsten fünf Tage wird Alvin bei mir mit einer historischen Nachforschung vollauf beschäftigt sein. Aber wir werden auf der Hut sein müssen, wenn Jeserac anruft.«

Alvin lächelte.

»Armer Jeserac! Ich scheine die Hälfte meines Lebens damit zuzubringen, etwas vor ihm zu verbergen.«

»Damit bist du viel weniger erfolgreich gewesen als du denkst«, versetzte Rorden zu Alvins nicht geringer Verwunderung. »Ich erwarte jedoch keine Schwierigkeiten. Aber bleib nicht länger als die fünf Tage aus!«

Als das Bild verblaßt war, blieb Rorden noch lange regungslos sitzen und starrte das dunkle, kleine Rechteck des Videofons an. Er hatte immer geahnt, daß zumindest ein Teil des weltweiten Kommunikationsnetzes noch existierte, aber die Schlüssel zu seiner Inbetriebnahme waren verloren, und die Milliarden von Schaltungen konnten niemals ausfindig gemacht und verfolgt werden. Es war ein aufregender Gedanke, daß vielleicht immer noch Anschlüsse in den untergegangenen Städten angerufen werden konnten, wenn sich auch niemand meldete. Vielleicht würde die Zeit kommen, da sein eigener Empfänger vergeblich summt, weil es keinen Verwahrer der Aufzeichnungen mehr geben wird, dem unbekannten Anrufer zu antworten ...

Er begann sich zu fürchten. Die Ungeheuerlichkeit des Geschehens wurde ihm erst jetzt allmählich bewußt. Bisher hatte er wenig über die Konsequenzen seines Handelns nachgedacht. Sein eigenes historisches Interesse und die Zuneigung, die er Alvin entgegenbrachte, waren hinreichende Motive seines Handelns gewesen. Er war auf Alvin eingegangen und hatte ihn auch ermutigt, aber es war ihm dabei nie in den Sinn gekommen, daß so etwas geschehen könnte.

Trotz der Jahrhunderte zwischen ihnen war der Wille des Jungen immer stärker als sein eigener gewesen. Nun war es zu spät, um etwas daran zu ändern: Rorden spürte, daß die Ereignisse ihn einem Höhepunkt entgegentrieben, der völlig außerhalb seiner Kontrolle war.

»Ist das alles wirklich notwendig«, fragte Alvin, »wenn wir nur zwei oder drei Tage ausbleiben werden? Schließlich würde uns ein kleiner Synthetisator genügen.«

»Mir nicht«, antwortete Theon und hob den letzten Proviantbehälter in den kleinen Wagen. »Du magst einen wunderlichen Brauch darin sehen, aber wir haben unsere Nahrung niemals synthetisch hergestellt — wir sehen sie gern wachsen. Außerdem begegnen wir vielleicht anderen, und dann ist es ein Gebot der Höflichkeit, Nahrung mit ihnen auszutauschen. Beinahe jeder Bezirk hat irgendein besonderes Erzeugnis, und Airlee ist berühmt für seine Pfirsiche. Darum habe ich soviel mitgenommen — nicht, weil ich denke, daß du alles aufessen könntest.«

Alvin warf seinen halb gegessenen Pfirsich auf Theon, der dem Geschoß geschickt auswich. Es kam ein Aufblitzen irisierender Lichtreflexe und ein leises Schwirren durchscheinender Hautflügel, als Krif auf die Frucht herabstieß und ihren Saft zu saugen begann.

Alvin hatte sich noch nicht an Krif gewöhnen können. Es fiel ihm schwer, zu begreifen, daß das große Insekt, obwohl es kam, wenn es gerufen wurde, und manchmal sogar einfachen Befehlen gehorchte, nur

Ansätze eines entwickelten Nervensystems hatte und beinahe intelligenzlos war. Für Alvin war Leben immer ein Synonym von Intelligenz gewesen — und er sah die menschliche Intelligenz durchaus nicht als die höchstmögliche an.

Wenn Krif ausruhte, lagen seine vier feinen Hautflügel gefaltet am Körper, der wie ein juwelenbesetztes Zepter durch sie hindurchschimmerte. Er war sowohl die höchste als auch die schönste Form von Insektenleben, das die Welt je gekannt hat — aber auch die jüngste und vielleicht letzte aller Lebensformen, die der Mensch zu seinem Gefährten gemacht hatte.

Lys war voll von solchen Überraschungen, wie Alvin immer wieder lernte. Auch das unauffällige, aber wirkungsvolle Transportsystem dieses Landes fand ihn völlig unvorbereitet. Der Wagen funktionierte anscheinend nach demselben Prinzip wie die Maschine, die ihn von Diaspar hergebracht hatte, denn er schwebte ein paar Handbreit über dem Boden. Obwohl es keine Leitschiene gab, versicherte ihm Theon, daß die Wagen nur auf vorbestimmten Routen fahren konnten. Sie verbanden die Bevölkerungszentren miteinander; die entlegeneren Teile des Landes aber waren nur zu Fuß erreichbar. Dies kam Alvin außergewöhnlich und ziemlich seltsam vor, aber Theon schien es für eine ausgezeichnete Regelung zu halten.

Offenbar hatte Theon diese Expedition schon vor einiger Zeit geplant. Naturgeschichte war seine Hauptleidenschaft — Krif war nur das Auffallendste seiner vielen Haustiere —, und er hoffte, neue Insektenarten in den unbewohnten südlichen Teilen von Lys zu finden.

Das Vorhaben hatte Alvin begeistert, und er freute sich darauf, mehr von diesem wundervollen Land zu sehen. Obgleich Theons Interessen auf einem anderen

Wissensgebiet als dem seinen lagen, empfand er eine kameradschaftliche Nähe zu diesem neuen Gefährten. Eine Nähe, die nicht einmal sein väterlicher Freund Rorden in ihm wachgerufen hatte.

Theon wollte so weit nach Süden fahren, wie der Wagen sie befördern konnte — ungefähr eine Stunde Fahrzeit von Airlee —, um dann den Rest des Weges zu marschieren. Da Alvin sich nicht vorstellen konnte, was das bedeutete, hatte er keine Einwände.

Die Reise durch Lys war für ihn traumhaft unwirklich. Lautlos wie ein Geist glitt der Wagen über wellige Ebenen und durch Wälder, ohne je von seiner unsichtbaren Spur abzuweichen. Er fuhr etwa zehnmal so schnell, wie ein gemächlicher Fußgänger ging. In Lys gab es niemanden, der es eilig hatte. Oft kamen sie durch Dörfer, von denen einige größer waren als Airlee, aber die Bauweise der Häuser war sehr ähnlich. Mit Interesse bemerkte Alvin geringfügige, aber doch bedeutsame Unterschiede in der Kleidung und sogar in der Erscheinung der Menschen, als sie eine Gemeinde nach der anderen durchfuhren. Durch die relative Abgeschlossenheit seiner Bewohner hatte jedes Dorf bestimmte Eigenheiten entwickelt und trug auf seine Weise zu einer vielfältigen und reichen Volkskultur bei.

Dann und wann machte Theon halt, um mit Freunden zu sprechen, aber die Pausen waren kurz, und es war noch früher Vormittag, als die kleine Maschine zwischen den Hügelausläufern eines dicht bewaldeten Berges zum Stillstand kam. Es war kein sehr hoher Berg, aber Alvin fand, daß er das gewaltigste Ding sei, das er je gesehen hatte.

»Von hier müssen wir zu Fuß gehen«, sagte Theon munter und nahm aus dem Wagen, was sie von nun an tragen mußten. »Weiter können wir nicht fahren.«

Als er mit den Gurten fummelte, die ihn in ein Tragtier verwandeln sollten, blickte Alvin zweifelnd zu den steilen Felswänden auf, die da und dort abweisend aus den dunkel bewaldeten Hügeln aufragten.

»Ist es weit, wenn wir außen herum gehen?« erkundigte er sich.

»Wir gehen nicht außen herum«, erwiderte Theon. »Ich möchte auf dem Gipfel sein, bevor es dunkel wird.«

Alvin sagte nichts. Das hatte er befürchtet.

»Von hier«, sagte Theon und hob die Stimme, um ihr über dem Donner des Wasserfalls Gehör zu verschaffen, »kannst du ganz Lys überblicken.«

Alvin glaubte es ihm gern. Nach Norden zu erstreckte sich fast unübersehbar der Wald, da und dort unterbrochen von Lichtungen und Feldern und den Schleifen natürlich angelegter Bewässerungskanäle. Irgendwo verborgen in diesem gewaltigen Panorama lag das Dorf Airlee. Alvin glaubte hinter den Wäldern einen Zipfel des großen Sees zu sehen, entschied aber, daß seine Augen ihn getäuscht haben mußten. Noch weiter nördlich verschmolzen Wälder und Ackerflächen zu einem gesprenkelten Teppich grüner und bräunlicher Töne, hier und da von niedrigen Hügelreihen durchzogen. Und jenseits von ihnen lagen gerade noch sichtbar die Gebirgsketten, die Lys von der Wüste trennten, wie eine ferne Wolkenbank am Horizont.

Im Osten und Westen war der Ausblick ganz ähnlich, doch im Süden schienen die Berge nur wenige Meilen entfernt. Alvin konnte sie sehr klar erkennen und begriff, daß sie bei weitem höher waren als der kleine Vorberg, auf dem er stand.

Aber noch wundervoller als dieser grandiose Anblick war der Wasserfall. Aus einer Schlucht in halber Höhe des Bergmassivs ergoß sich ein tosender Wasserfall wie ein weißglitzerndes Band über dreihundert Meter hohe Wände in die Tiefe, wo er sich in schimmerndem Gischtnebel verlor, aus dem unaufhörlich ein dumpfes Donnern drang, das in hohlen Echos von den Felswänden zurückgeworfen wurde. Und in der halb durchsichtigen Wolke von Gischtnebel zitterte der letzte Regenbogen auf Erden.

Lange lagen die beiden Jungen an ihrem Aussichtspunkt und blickten hinüber zu diesem letzten Wasserfall und dem unbekannten Land dahinter. Es war anders als das Land, das sie hinter sich gelassen hatten, denn es wirkte in einer unbestimmten Art und Weise verlassen und leer. Man spürte, daß hier seit vielen, vielen Jahren keine Menschen gelebt hatten.

Theon beantwortete die unausgesprochene Frage seines neuen Freundes.

»Früher einmal war ganz Lys bewohnt«, sagte er, »aber das war vor sehr langer Zeit. Jetzt leben hier nur die Tiere.«

Tatsächlich war nirgends ein Zeichen menschlichen Lebens — keine von den Lichtungen und den breiten, vielfach verzweigten Bewässerungskanälen, die von der Gegenwart des Menschen sprachen. Nur wenn man sehr genau hinsah, zeichneten sich im Wald da und dort die Umrisse der bewässerten Hangterrassen einstiger Felder ab, deren Wasserzulauf noch heute den Wald ernährte, und an einer Stelle, meilenweit entfernt, ragte eine einsame, weiße Ruine wie ein morscher Zahn aus dem Laubdach des Waldes. Überall hatte die Natur zurückerobert, was ihr gehörte.

7

Der Kraterbewohner

Es war Nacht, als Alvin erwachte, die absolute Nacht des Gebirgslandes, erschreckend in ihrer Tiefe und Intensität. Etwas hatte ihn aufgestört, irgendein Wispern, das durch das gleichförmig dumpfe Tosen des Wasserfalles in sein Bewußtsein gedrungen war. Er setzte sich aufrecht und spähte angestrengt in die Dunkelheit über dem unsichtbaren Land, während er mit angehaltenem Atem dem leisen, aber unaufhörlichen Rascheln von Leben in den Bäumen ringsum lauschte.

Nichts war zu sehen. Das Sternenlicht war zu schwach, um Einzelheiten des Waldlandes zu enthüllen, das Hunderte von Metern unter ihnen lag: Nur eine unregelmäßig zerhackte Linie noch tieferer Nacht, welche die Sterne verdunkelte, verriet die Gebirgsketten am südlichen Horizont. Alvin hörte seinen Freund gähnen, sich herumwälzen und sich aufsetzen.

»Was ist?« flüsterte er.

»Ich dachte, ich hätte ein Geräusch gehört.«

»Was für ein Geräusch?«

»Ich weiß nicht. Vielleicht träumte ich nur.«

Es wurde wieder still, während zwei Augenpaare in die geheimnisvolle Nacht hinausspähten. Dann faßte Theon plötzlich den Arm des Freundes.

»Da! Schau hin!« wisperte er.

Fern im Süden glomm ein einsamer Lichtpunkt, zu tief am Himmel, um ein Stern zu sein. Er war von einem bläulichen Weiß, und während die Jungen ihn beobachteten, wurde er heller und heller, bis das Auge geblendet war. Dann explodierte das Licht — und es war, als habe der Blitz unter dem Rand der Erde eingeschlagen. Für die Dauer eines Augenblicks lagen die Berge und das Land zu ihren Füßen im fahlen Widerschein unter der Schwärze der Nacht. Lange Zeit danach kam das rollende Echo einer Explosion, und im Wald unter ihnen bewegte ein plötzlich aufkommender Wind die Zweige. Er schlief bald wieder ein, und dann kehrten die matt schimmernden Sterne in den Himmel zurück, und alles war wie zuvor.

Zum erstenmal in seinem Leben erfuhr Alvin die Furcht vor dem Unbekannten, die der Fluch des frühen Menschen gewesen war. Es war ein so eigenartiges Gefühl, daß er ihm zunächst nicht einmal einen Namen geben konnte. Im Augenblick des Erkennens verschwand es, und er wurde wieder er selbst.

»Was war das?« flüsterte er.

Theon blieb so lange still, daß Alvin die Frage wiederholte.

»Ich versuche mich zu erinnern«, sagte Theon und verharrte in Stillschweigen. Nach einer Weile räusperte er sich.

»Das muß Shalmirane sein«, meinte er dann.

»Shalmirane? Existiert es noch?«

»Ich hatte es beinahe vergessen«, antwortete Theon, »aber jetzt kommt es mir wieder in den Sinn. Mutter erzählte mir einmal, daß die Festung in diesen Bergen dort liege. Natürlich muß sie seit ewigen Zeiten ein Ruinenfeld sein, aber jemand soll noch immer dort leben.«

Shalmirane! Für diese Kinder zweier Rassen, die sich in Kultur und Geschichte so stark unterschieden, war das noch immer ein magischer Name. In der ganzen langen Geschichte der Menschheit hatte es kein größeres Heldenepos gegeben als die Verteidigung von

Shalmirane gegen einen Eindringling, der das ganze Universum erobert hatte.

Kurz darauf kam Theons Stimme abermals aus der Dunkelheit.

»Die Leute des Südens könnten uns mehr darüber sagen. Wir werden sie auf unserem Rückweg fragen.«

Alvin hörte ihn kaum: Er war tief in seine eigenen Gedanken versunken, besann sich auf Geschichten, die Rorden ihm erzählt hatte. Die Schlacht von Shalmirane hatte in der Frühzeit aufgezeichneter Geschichte stattgefunden. Sie kennzeichnete das Ende des legendären Zeitalters der Eroberungen und den Beginn des langen Niedergangs der Menschheit. Wenn irgendwo auf Erden, dann lagen die Antworten auf die Probleme, die ihn seit so vielen Jahren gepeinigt hatten, in Shalmirane. Aber die südlichen Gebirge waren sehr weit entfernt.

Theon mußte etwas von den telepathischen Fähigkeiten seiner Mutter geerbt haben, denn er sagte in sachlichem Ton:

»Wenn wir bei Tagesanbruch aufbrechen, könnten wir die Festung bis zum Abend erreichen. Ich bin nie dort gewesen, aber ich denke, ich könnte den Weg finden.«

Alvin dachte darüber nach. Er war müde, seine Füße hatten Blasen, und die Muskeln seiner Oberschenkel schmerzten von der ungewohnten Anstrengung. Es war sehr verlockend, den Besuch auf ein anderes Mal zu verschieben, aber vielleicht gab es kein anderes Mal, und es bestand sogar die Möglichkeit, daß die Explosion ein Signal gewesen war, eine Art Hilferuf.

Unter dem schwachen Licht der versagenden Sterne rang Alvin mit seinen Gedanken und kam schließlich zu einer Entscheidung. Nichts hatte sich geändert: Die Berge wachten weiter über dem schlafenden Land.

Aber ein Wendepunkt in der Geschichte war gekommen und gegangen, und die Menschheit bewegte sich in Richtung einer seltsamen neuen Zukunft.

Die Sonne hatte sich eben über den Osthorizont erhoben, als sie ebenen Talboden erreichten. Die Natur hatte sich das Land ganz zu eigen gemacht und in einen Urwald zurückverwandelt, der Alvin nicht aus dem Staunen kommen ließ. Selbst Theon schien hilflos verloren zwischen den gigantischen Bäumen, die das Sonnenlicht fernhielten und den Waldboden mit seinem dichten Unterholz in schattiges Halbdunkel tauchten. Glücklicherweise floß der kleine, vom Wasserfall genährte Fluß in einer Linie südwärts, die zu gerade war, um ganz natürlich zu sein, und indem sie sich ans Ufer hielten, konnten sie das undurchdringliche Unterholz meiden. Immer wieder stießen sie auf die schmalen Wasserläufe abzweigender Bewässerungskanäle, die, einst zur Versorgung von Pflanzungen und Feldern angelegt, nun den üppigen Urwald am Leben erhielten. Theon benötigte einen guten Teil seiner Zeit, um Krif unter Kontrolle zu halten, der gelegentlich im Urwald verschwand oder wild über dem Wasser kreuzte. Selbst Alvin, dem alles noch immer neu war, spürte, daß von diesem Wald eine Faszination ausging, die den kleineren, stärker bewirtschafteten Wäldern des nördlichen Lys abging. Die Artenvielfalt der Bäume war groß, und alle Altersstufen waren vertreten, so daß eine natürliche Verjüngung und Erneuerung des Waldes stattfinden konnte. Die meisten Arten waren Alvin, der nie eine Beziehung zur natürlichen Welt hatte entwickeln können, unbekannt. Über hundert Meter hohe Mammutbäume ragten wie Wächter über das Laubdach des Waldes hinaus. Früher einmal hatten sie als die ältesten Lebewesen auf

Erden gegolten; auch heute noch übertrafen sie die Lebensdauer des Menschen.

Der kleine Fluß verzweigte sich in mehrere Arme und bildete Stauwasserflächen, in denen winzige Inseln vor Anker lagen. Hier gab es prächtig gefärbte Libellen, die auf der Suche nach Beute über der Wasseroberfläche hin und her schossen. Einmal sauste Krif trotz Theons Rufen davon, um sich seinen entfernten Vettern zuzugesellen. Im Nu verschwand er in einer Wolke glitzernder Flügel, und ein Geräusch zornig raschelnden Schwirrens drang zu ihnen herüber. Einen Augenblick später flog die Wolke auseinander, und Krif kam über das Wasser zurück, so schnell, daß das Auge ihm kaum folgen konnte. Von da an blieb er nahe bei Theon und streunte nicht mehr herum.

Gegen Abend sahen sie von Zeit zu Zeit die Berge vor sich. Der Fluß, der ihnen ein so getreuer Führer gewesen war, zog träge dahin. Nachdem er mehr als die Hälfte seines Volumens an Bewässerungskanäle abgegeben hatte, war er zu einem stillen, kleinen Wasserlauf geschrumpft, als ob auch er sich dem Ende seiner Reise nähere. Aber es war klar, daß sie die Berge nicht vor Dunkelwerden erreichen konnten; schon vor Sonnenuntergang flossen in der Tiefe des Waldes tintige Schatten zusammen, und bald war es so dunkel, daß an einen Weitermarsch nicht zu denken war. Die Stämme der mächtigen Bäume ragten wie dunkle Säulen aus schwarzem Dickicht, und ein kühler Wind strich durch die Blätter. Alvin und Theon bereiteten ihr Nachtlager zu Füßen eines gigantischen Mammutbaumes, dessen Wipfel noch im roten Widerschein des scheidenden Tages lag.

Als die verborgene Sonne endlich untergegangen war, lagen die beiden Jungen in der tiefen Abenddämmerung, blickten zum Wasser, das wie mattes Silber aus dem Halbdunkel glänzte, und dachten an alles, was sie gesehen hatten. Kurz bevor Alvin einschlief, beschäftigte ihn der Gedanke, wer vor ihnen zuletzt hierhergekommen war, und wie lang es her sein mochte.

Die Sonne stand hoch am Himmel, als der Wald lichter wurde. Weiter vor ihnen lag ansteigendes, steiniges Gelände, das zu den öden Schutthalden und kahlen Felsmauern des Gebirgswalles von Lys überleitete. Hier endete der Fluß weniger spektakulär, als er seinen Anfang genommen hatte, in einem Karstloch, um seinen Lauf unterirdisch fortzusetzen.

Theon stand und betrachtete den gurgelnden Strudel, dann hob er den Blick und zeigte hinauf zu einer Einsattelung zwischen den steilen Felsgipfeln.

»Shalmirane liegt in dieser Richtung«, sagte er zuversichtlich.

Alvin sah ihn erstaunt an. »Du sagtest mir, du seiest noch nie hier gewesen!«

»Das ist richtig.«

»Woher weißt du dann den Weg?«

Theon schaute verwirrt drein.

»Ich weiß nicht — zu Hause habe ich mir eine Übersichtskarte angesehen, sonst nichts. Vielleicht habe ich mir die Richtung danach eingeprägt. Es muß eine Art Orientierungsinstinkt sein. Wenn wir in Lys unterwegs sind, wissen wir immer, welche Richtung wir einschlagen müssen.«

Alvin fand es ziemlich schwierig, daran zu glauben, und er folgte Theon mit beträchtlichen Zweifeln. Nach anstrengendem Aufstieg erreichten sie den Sattel, der den Blick auf einen eigenartig stumpfen, dunklen Bergkegel freigab, dessen weite Gipfelhochfläche verhältnismäßig eben schien. Nach kurzem Zögern hielt

Theon darauf zu. Alvin folgte, noch immer zweifelnd, und als nach längerem Marsch durch ein mit Schutt und Blöcken angefülltes Hochtal der Aufstieg begann, legte er sich eine kleine Ansprache zurecht. Falls die Expedition sich als vergeblich erwies, sollte Theon wissen, was er von seinem untrüglichen Orientierungsinstinkt hielt.

Als sie sich Stunden später der Gipfelhochfläche näherten, veränderte sich die Beschaffenheit des Bodens auffallend. Die anderen Hänge hatten aus Basalt, Bims und poröser, vulkanischer Schlacke bestanden, die in mächtigen Schichten aufeinander lagerten. Nun bestand die Oberfläche aus einem harten, glasigen Gestein wie Obsidian, glatt und gefährlich, als sei Gesteinsschmelze in schwarzen Strömen den Berg herabgeronnen und erstarrt. Der Plateaurand lag nun unmittelbar vor ihnen. Theon erreichte ihn zuerst, und ein paar Sekunden später holte Alvin ihn ein und stand sprachlos an seiner Seite. Denn sie befanden sich nicht am Rand des vermuteten Plateaus, sondern an einem ungeheuren, schüsselförmigen Krater, der eine halbe Meile tief war und drei Meilen Durchmesser haben mußte. Zu ihren Füßen brach der Kraterrand steil ab, um erst im unteren Teil allmählich zum Boden abzuflachen, der dann wieder zu den steilen Wänden des jenseitigen Kraterrandes emporstieg. Und obwohl der riesige Krater jetzt im grellen Sonnenschein lag, war er zur Gänze schwarz wie Ebenholz. Die Jungen hatten noch nie vulkanisches Glas gesehen, aber sie sahen die schwarzen, messerscharfen Absplitterungen des glänzenden Materials und konnten sich denken, was es war. Der ganze Krater gemahnte in seiner lebensfeindlichen Schwärze an die Felsen einer Welt, die niemals eine Sonne gekannt hatte. Und das war noch nicht alles, denn unter ihren Füßen zog sich rund um den Krater, bedeckt mit angewehtem Sand und Wüstenstaub, ein nahtloses Band aus Metall, zwanzig Schritte breit und angelaufen vom Alter, doch ohne die geringste Spur von Korrosion.

Als ihre Augen sich an den unirdischen Anblick gewöhnt hatten, bemerkten Alvin und Theon, daß die Schwärze des Kraterkessels nicht so absolut war, wie sie gedacht hatten. Hier und dort, so flüchtig, daß sie sie nur indirekt sehen konnten, schienen winzige Lichtexplosionen oder Reflexe in den schwarzen Kraterwänden zu blitzen. Sie schienen willkürlich zu erscheinen und verschwanden sofort wieder, wie die Spiegelungen von Sternen auf einer bewegten See.

»Es ist wundervoll!« keuchte Alvin. »Aber was soll es sein?«

»Es sieht wie eine Art Reflektor aus.«

»Ich kann mir nicht vorstellen, daß dieses schwarze Zeug zum Reflektor taugt.«

»Es ist nur für unsere Augen schwarz, weißt du. Wir wissen nicht, welche Strahlungen sie verwendeten.«

»Aber sicherlich gibt es mehr als dies! Wo ist die Festung?«

Theon zeigte zum ebenen Kraterboden, wo etwas lag, was Alvin für einen Haufen durcheinandergeworfener Blöcke gehalten hatte. Bei genauerem Hinsehen konnte er einen beinahe ausgelöschten Plan in der Lage der großen Blöcke ausmachen. Ja, dort lagen die Ruinen einst mächtiger Gebäude, zum Einsturz gebracht von den Erdbeben und Naturgewalten der Zeitalter.

Wenn es dort Gebäude gegeben hatte, dann mußte auch ein Zugang existieren. Die beiden Jungen folgten dem Kraterrand, und lange blieben die Wände zu steil für einen Abstieg. Nach einiger Zeit aber entdeckten sie eine gangbare Partie in weniger steilem Gelände und begannen vorsichtig abzusteigen. In der Nähe des Kraterbodens endete das glatte Schwarz der Oberfläche in einer dünnen Schicht aus Sand und staubiger Erde, die im Laufe der Zeitalter von den Winden abgelagert worden war.

Mehrere hundert Schritte vor ihnen waren titanische Steinblöcke aufeinandergetürmt, wie die verlassenen Bauklötze eines Riesenkindes. Hier war noch ein Abschnitt einer massiven Mauer erkennbar, dort markierten zwei behauene Obelisken, was einmal ein Eingang gewesen sein mußte. Kaum ein Lufthauch regte sich.

So kamen Alvin und Theon zu den Ruinen von Shalmirane. Gegen diese Mauern war, wenn die Legende der Wahrheit entsprach, ein Feind angerannt, der eine Welt in Schutt und Asche legen konnte, und völlig geschlagen worden. In ferner Vergangenheit hatte dieser friedliche Himmel von Feuern gebrannt, die aus den Herzen von Sonnen gerissen worden waren, und die Randgebirge von Lys mußten sich unter der Wut ihrer Herren wie ängstliche Tiere geduckt haben.

Niemand hatte Shalmirane jemals erobert. Aber nun lag die unbesiegbare Festung in Trümmern — bezwungen und zerstört von Urkräften aus dem Erdinnern und der unermüdlich wirkenden Verwitterung durch Hitze, Kälte und Wind. Überwältigt von ihrer Majestät, wanderten die beiden Jungen schweigend auf die kolossale Ruinenstätte zu. Sie kamen in den Schatten einer geborstenen Wand und betraten eine Schlucht zwischen Bergen aus Trümmerblöcken.

Vor ihnen öffnete sich ein Amphitheater, durchzogen von langen Schutthügeln, welche wohl die Grabstätten verschütteter Maschinen markierten. Früher einmal mußte dieser ganze gewaltige Raum überwölbt gewesen sein, aber das Dach war längst eingestürzt. Vielleicht, dachte Alvin, existiert noch Leben irgendwo unter den verlassenen Trümmern, die nur vom obersten, sichtbaren Teil der Festung kündeten. Ihr größerer Teil mochte tief unter der Erde sein, den Kräften der Verwitterung entzogen.

»Wir dürfen nicht zu spät umkehren«, sagte Theon, »also bleibt uns nicht allzu viel Zeit. Es würde schneller gehen, wenn wir uns trennten. Ich werde die östliche Hälfte nehmen, und du kannst diese Seite erforschen. Ruf mich, wenn du etwas Interessantes findest — aber lauf nicht zu weit weg.«

So trennten sie sich, und Alvin begann über die Trümmer zu klettern und die größeren Steinhaufen zu umgehen. Unweit von der Mitte des Amphitheaters stieß er plötzlich auf eine kleine, kreisrunde Fläche, zehn oder zwölf Schritt im Durchmesser, die frei von Trümmerschutt war. In ihrem Mittelpunkt stand ein Dreifuß, der eine polierte Metallschüssel trug, beinahe wie ein Modell des großen Kraters. Die Schüssel war offensichtlich in der Höhe und seitwärts verstellbar, und in ihrer Mitte befand sich eine Spirale aus einer durchsichtigen Substanz. An die Unterseite des Reflektors war ein schwarzer Kasten geschweißt, von dem ein dünnes Kabel über die freie Fläche führte.

Es war Alvin sofort klar, daß diese Anlage der Ursprung der Lichterscheinung sein mußte, die sie beobachtet hatten, und er begann dem Kabel nachzugehen. Das war nicht ganz einfach, weil das Kabel streckenweise von Sand und angewehter Erde zugedeckt war und an unerwarteten Stellen wieder zum Vorschein kam. Endlich verlor er es ganz und rief Theon zu, er möge kommen und ihm helfen.

Er kroch unter einen vorspringenden Steinblock,

den ein Erdbeben aus seinem Verbund gerissen hatte, als plötzlich ein Schatten das Licht verdeckte. Alvin glaubte, es sei sein Freund, krabbelte wieder zurück und wandte sich um. Und dann brachte er kein Wort über die Lippen.

Vor ihm hing ein großes, dunkles Auge in der Luft, umringt von einem Satellitensystem kleinerer Augen. Das wenigstens war Alvins erster Eindruck; Sekunden später bemerkte er, daß er einen komplizierten Mechanismus vor sich hatte, der ihn beobachtete. Alvin war beruhigt. Sein Leben lang hatte er Maschinen Anweisungen gegeben, und wenn er auch nie etwas wie dieses Ding gesehen hatte, so ließ sich doch vermuten, daß es wahrscheinlich eine künstliche Intelligenz besaß.

»Kehr um«, befahl er versuchshalber.

Nichts geschah.

»Geh. Komm. Auf. Nieder. Hierher.«

Keiner der konventionellen Steuerungsgedanken zeitigte Wirkung. Die Maschine blieb unbeeinflußt und inaktiv.

Alvin tat einen Schritt auf sie zu, und die Augen zogen sich hastig zurück. Unglücklicherweise schien ihr Gesichtsfeld etwas begrenzt zu sein, denn die Maschine stieß in ihrer Rückwärtsbewegung gegen Theon, der inzwischen ein interessierter Zuschauer gewesen war. Mit einem durchaus menschlichen Schreckenslaut sprang der ganze Apparat sieben Meter in die Luft und zeigte dabei, um einen gedrungenen, zylindrischen Körper angeordnet, eine Serie von Greifarmen und Gelenkbeinen.

»Komm herunter — wir tun dir nichts!« rief Theon.

Etwas sprach: nicht die leidenschaftslose, kristallklare Kunststimme einer Maschine, sondern das zittrige, ächzende Organ eines sehr alten und sehr müden Mannes.

»Wer seid ihr? Was tut ihr in Shalmirane?«

»Mein Name ist Theon, und dies ist mein Freund Alvin von Loronei. Wir erforschen das südliche Lys.«

Darauf folgte eine kurze Pause, und als die Maschine wieder das Wort nahm, hatte ihre Stimme einen unverkennbar verdrießlichen Klang.

»Warum könnt ihr mich nicht in Frieden lassen? Ihr wißt, wie oft ich gebeten habe, in Ruhe gelassen zu werden!«

Der für gewöhnlich gutmütige Theon fing an, ungeduldig zu werden. »Wir sind von Airlee, und wir wissen nichts von Shalmirane.«

»Außerdem«, fügte Alvin vorwurfsvoll hinzu, »sahen wir dein Licht und dachten, du könntest um Hilfe signalisieren.«

Es war seltsam, aus der unpersönlichen Maschine ein so menschliches Seufzen zu hören.

»Tausendmal muß ich jetzt signalisiert haben, und immer hat es nur die neugierigen Leute von Lys angelockt. Aber ich sehe, daß ihr es nicht böse gemeint habt. Folgt mir.«

Die Maschine schwebte langsam über die Gesteinstrümmer davon und kam vor einer dunklen Öffnung in der teilweise eingestürzten Wand des Amphitheaters zur Ruhe. In der Höhlenöffnung entstand Bewegung, und eine menschliche Gestalt trat heraus ins Sonnenlicht. Sie gehörte dem ersten körperlich alten Mann, den Alvin je gesehen hatte. Sein Kopf war vollständig kahl, aber ein dichter Bart aus schneeweißem Haar bedeckte die untere Hälfte seines Gesichts. Er hatte einen Umhang aus gewebter Glaswolle über die Schultern geworfen, und zu beiden Seiten von ihm schwebten zwei weitere Maschinen des seltsamen, vieläugigen Typs.

8

Die Geschichte von Shalmirane

Beide Seiten musterten einander. Dann sprach der alte Mann — und die drei Maschinen echoten seine Stimme ein paar Augenblicke lang, bis etwas sie abschaltete.

»Du bist also aus dem Norden, und deine Leute haben Shalmirane schon vergessen?«

»O nein!« sagte Theon schnell. »Wir haben es nicht vergessen. Aber wir waren nicht sicher, daß hier noch jemand lebt, und wir wußten ganz gewiß nicht, daß du in Ruhe gelassen sein willst.«

Der alte Mann antwortete nicht. Mit einer Langsamkeit, die zu beobachten schmerzlich war, humpelte er durch die Türöffnung und verschwand, gefolgt von den drei Maschinen. Alvin und Theon tauschten verwunderte Blicke: Sie mochten ihm nicht nachgehen, aber ihre Verabschiedung — wenn es eine war — hätte nicht schroffer ausfallen können. Sie waren im Begriff, ihr weiteres Verhalten zu besprechen, als eine der Maschinen plötzlich wieder zum Vorschein kam.

»Worauf wartet ihr? Kommt mit!« befahl sie. Dann verschwand sie wieder.

Alvin zuckte mit den Achseln.

»Anscheinend sind wir eingeladen. Unser Gastgeber ist offenbar ein wenig exzentrisch, aber sicherlich nicht unfreundlich.«

Von der Öffnung in der Ruinenmauer führte eine breite Wendeltreppe sechs oder sieben Meter hinunter in einen kleinen, kreisrunden Raum, von dem mehrere Korridore ausgingen. Eine Verwechslung war jedoch ausgeschlossen, denn alle Durchgänge bis auf einen waren mit Schutt angefüllt.

Alvin und Theon waren erst ein paar Schritte gegangen, als sie sich in einem großen und unglaublich unordentlichen Raum sahen, der mit einer verwirrenden Vielzahl von Gegenständen vollgestopft war. An einem Ende standen Haushaltsmaschinen — ein Synthetisator, ein Abfallverwerter, Reinigungsgeräte und dergleichen —, die normalerweise außer Sicht in Wandfächern oder Nebenkammern untergebracht wurden. Um diese herum waren Archivkästen mit Aufzeichnungen beinahe bis zur Decke gestapelt. Ein Dutzend Kugelradiatoren sorgten für unangenehme Hitze. Angelockt von der Ausstrahlung, flog Krif zur nächstbesten Metallkugel, breitete behaglich die Flügel davor aus und schlief sofort ein.

Es dauerte ein wenig, bis die Jungen den alten Mann und seine drei Maschinen an einem kleinen, freien Platz bemerkten, der Alvin an eine Lichtung im Dschungel erinnerte. Hier gab es sogar Mobiliar — einen Tisch und drei bequeme Sessel. Einer von ihnen war alt und abgewetzt, aber die anderen waren so auffallend neu, daß Alvin das Gefühl nicht loswurde, sie seien erst in den letzten paar Minuten geschaffen worden. Während er sie betrachtete, ging über dem Tisch das vertraute Leuchtfeld des Synthetisators an und ihr Gastgeber lud sie mit einer Handbewegung ein, Platz zu nehmen. Sie bedankten sich und kosteten von den Speisen und Getränken, die plötzlich erschienen waren. Sie stellten eine Abwechslung von Theons bescheidenem Reiseproviant dar, und Alvin waren sie sehr willkommen.

Sie aßen schweigend und warfen von Zeit zu Zeit verstohlene Blicke zu dem alten Mann. Er saß wie gedankenverloren und schien sie völlig vergessen zu haben — doch als sie gegessen hatten, blickte er auf und begann sie auszufragen. Als Alvin erklärte, daß er nicht aus Lys, sondern aus Diaspar sei, zeigte der Alte sich nicht sonderlich überrascht. Theon tat sein Möglichstes, die Fragen zur Zufriedenheit zu beantworten: Für jemanden, der Besucher nicht mochte, schien ihr Gastgeber sehr begierig nach Neuigkeiten aus der Außenwelt. Alvin schloß daraus, daß seine anfänglich zur Schau gestellte Haltung des griesgrämigen Einsiedlers eine Pose gewesen sein mußte.

Nach der Befragung verstummte er wieder. Die beiden Jungen warteten, so geduldig sie konnten: Er hatte ihnen nichts von sich selbst oder den Gründen seines Aufenthalts in Shalmirane mitgeteilt. Das Lichtsignal, das sie angelockt hatte, war nach wie vor ein Geheimnis, aber sie wagten ihn nicht geradeheraus um eine Erklärung zu bitten. So saßen sie in unbehaglichem Schweigen, ließen ihre Blicke in diesem erstaunlichen Raum umhergehen, wo sie immer wieder etwas Neues und Unerwartetes fanden. Schließlich hielt Alvin es nicht länger aus und unterbrach die Wachträume des alten Mannes.

»Wir müssen bald wieder gehen«, bemerkte er.

Es war weniger eine Feststellung als vielmehr eine Andeutung und eine Aufforderung. Das runzlige Gesicht wandte sich ihm zu, aber der Ausdruck der Augen war noch immer geistesabwesend. Dann begann die müde, unendlich alte Stimme zu sprechen. Sie war so leise und undeutlich, daß sie zuerst kaum etwas hörten: Nach einer Weile mußte der alte Mann ihre Schwierigkeit bemerkt haben, denn plötzlich setzten die drei Maschinen wieder ein und echoten im Chor die Worte ihres Herrn.

Gleichwohl verstanden sie nicht viel von dem, was er ihnen erzählte. Manchmal gebrauchte er Worte, die ihnen unbekannt waren; dann wieder sprach er, als wiederhole er Sätze oder ganze Reden, die andere vor langer Zeit einmal geschrieben haben mußten. Aber die großen Umrisse der Geschichte waren klar, und Alvins Gedanken gingen mit ihr zurück in die fernen Zeitalter, von denen er seit seiner Kindheit geträumt hatte.

Die Geschichte begann, wie so viele andere, inmitten der chaotischen Verhältnisse der Jahrhunderte des Übergangs, als die Eindringlinge fort waren und die Menschheit sich noch nicht von ihren Wunden erholt hatte. Zu dieser Zeit erschien in Lys der Mann, der später als der Meister bekannt wurde. Er war begleitet von drei seltsamen Maschinen — denselben, die sie jetzt vor sich sahen —, die als seine Diener fungierten und darüber hinaus eigene, künstliche Intelligenz besaßen. Seine Herkunft war ein Geheimnis, das er nie lüftete, und mit der Zeit wurde angenommen, daß er aus dem Raum gekommen war, nachdem er die Blokkade der Eindringlinge irgendwie überwunden hatte. In weiter Ferne mochte es dort irgendwo noch Inseln menschlicher Besiedlung geben, die von der Flut des Krieges nicht verschlungen worden waren.

Der Meister und seine Maschinen besaßen Kräfte, die der Menschheit verloren gegangen waren, und er sammelte eine Gruppe von Anhängern um sich, die er belehrte und an seiner Weisheit teilhaben ließ. Seine Persönlichkeit mußte sehr eindrucksvoll gewesen sein, und Alvin konnte sich ungefähr den Magnetismus vorstellen, der so viele Menschen zu ihm gezogen hatte. Aus den sterbenden Städten waren sie zu Tausenden nach Lys gekommen, um nach den Jahren der Verwirrung Ruhe und Seelenfrieden zu finden. Und hier, zwischen den Wäldern und Bergen, lauschten sie den Lehren des Meisters und fanden endlich den ersehnten Frieden.

Am Ende seines langen Lebens hatte der Meister seine Freunde und Schüler gebeten, ihn ins Freie hinauszutragen, damit er den Sternhimmel sehen könne. Mit schwindenden Kräften hatte er gewartet, bis die Sieben Sonnen ihren Kulminationspunkt erreichten. In seiner Todesstunde schien die Verschwiegenheit, mit der er sein Geheimnis so lange gewahrt hatte, nachzulassen, und er erzählte oder phantasierte vieles, worüber in zukünftigen Zeitaltern ungezählte Bücher geschrieben werden sollten. Wieder und wieder sprach er von den »Großen«, welche die Welt nun verlassen hätten, aber eines Tages sicherlich zurückkehren würden, und er beauftragte seine Anhänger, sie zu grüßen, wenn sie kämen. Das schienen seine letzten mehr oder minder vernünftigen Worte gewesen zu sein. Danach konnte er seine Umgebung nicht mehr bewußt wahrnehmen, aber unmittelbar vor dem Ende sprach er einen Satz, der wenigstens einen Teil seines Geheimnisses lüftete und in der Überlieferung die Phantasie aller Menschen beschäftigte, die davon hörten: »Wie schön ist es, die farbigen Schatten der Welten ewigen Lichtes zu sehen!« Dann starb er.

Aus dieser Überlieferung entstand eine Religion, in deren Mittelpunkt die Großen standen. Nach dem Tod des Meisters gingen viele seiner Anhänger auseinander, aber andere blieben seiner Lehre treu und bearbeiteten und vervollkommneten sie im Laufe der Zeitalter. Zuerst glaubten sie, daß die Großen, wer immer sie sein mochten, bald zur Erde zurückkehren würden, aber diese Hoffnung verblaßte mit dem Gang der Jahrhunderte. Dennoch überdauerte die Bruderschaft der Gläubigen und fand neue Anhänger in den umliegenden Gegenden, und allmählich nahmen sie an Macht und Einfluß zu, bis sie den ganzen Süden von Lys beherrschten.

Es fiel Alvin schwer, der Erzählung des alten Mannes zu folgen. Die Worte wurden so seltsam gebraucht, daß er nicht unterscheiden konnte, was Wahrheit und was Legende war — wenn die Geschichte überhaupt eine Wahrheit enthielt. Er gewann nur ein verwirrendes Bild von Generationen von Fanatikern, die auf ein großes Ereignis warteten, welches sie selbst nicht verstanden und das irgendwann in der Zukunft stattfinden sollte.

Die Großen kehrten nie zurück. Langsam schwand die Macht der Bewegung, und die Bewohner von Lys vertrieben die Gläubigen aus ihren Siedlungsgebieten in die Berge, wo sie schließlich in Shalmirane Zuflucht fanden. Selbst unter diesen mißlichen Umständen hielten die Beobachter, wie sie sich nannten, an ihrem Glauben fest und gelobten, daß sie bereit sein würden, wenn die Großen kommen, wie lange sie auch darauf warten müßten. Viel früher schon hatte die Menschheit eine Methode erlernt, die Zeiten zu überdauern, und das Wissen hatte auch in Zeiten überlebt, als vieles andere verlorengegangen war. Die Beobachter ließen nur wenige der ihren zurück, um in Shalmirane Wache zu halten, während alle übrigen in den traumlosen Schlaf des Scheintodes eingingen.

Die Schläfer wurden nur geweckt, um die Wächter zu ersetzen, die inzwischen starben, und obwohl ihre Zahl auf diese Weise zurückging, hielten sie dem Meister die Treue. Nach seinen letzten Worten schien es sicher, daß die Großen auf den Welten der Sieben Sonnen lebten, und in späteren Jahren wurden Versuche unternommen, Signale durch den Raum dorthin zu senden. Diese Signale waren schon lange zu einem bedeutungslosen Ritual geworden, und die Geschichte näherte sich nun ihrem Ende. Bald würden nur noch die drei Maschinen in Shalmirane übrig sein und die Gebeine der Männer bewachen, die vor so langer Zeit in einer Mission hierher gekommen waren, die nur sie verstehen konnten.

Die zittrige dünne Stimme verstummte, und Alvins Gedanken kehrten zurück zu der Welt, die er kannte. Mehr denn je überwältigte ihn das Ausmaß seiner Unwissenheit. Ein winziges Bruchstück der Vergangenheit war für kurze Zeit beleuchtet worden, aber nun senkte sich wieder Dunkelheit darüber.

Die Geschichte der Menschheit war eine Menge solcher abgerissenen Fäden, und niemand vermochte zu sagen, welche wichtig und welche bedeutungslos waren. Diese phantastische Geschichte von dem Meister und den Großen war vielleicht nicht mehr als eine von ungezählten Legenden, die in mancherlei Verzerrungen und Ausschmückungen aus der Frühzeit und ihren Zivilisationen überliefert worden waren. Gleichwohl hatten die drei Maschinen keinerlei Ähnlichkeit mit denen, die Alvin bis jetzt kennengelernt hatte. Er konnte nicht, wie er versucht war, die ganze Geschichte als eine Fabel abtun, die auf der Grundlage eines Irrglaubens aus Selbsttäuschung heraus und aus Heilserwartung entstanden war.

»Sicherlich sind diese Maschinen gründlich befragt worden?« sagte er, einer plötzlichen Eingebung folgend. »Wenn sie mit dem Meister zur Erde gekommen sind, müssen sie seine Geheimnisse bewahrt haben.«

Der alte Mann lächelte müde.

»Sie wissen«, sagte er, »aber sie werden niemals

sprechen. Der Meister sorgte dafür, bevor er die Herrschaft über sie aus den Händen gab. Wir haben es ungezählte Male versucht, aber es ist nutzlos.«

Alvin verstand. Er dachte an den Assoziator in Diaspar, und die Siegel, mit denen Alaine sein Wissen verschlossen hatte. Selbst diese Siegel, glaubte er jetzt, konnten eines Tages erbrochen werden, und der Meisterassoziator mußte unendlich komplexer sein als diese kleinen Robotersklaven. Er fragte sich, ob Rorden, der so viel Geschicklichkeit in der Enträtselung der Geheimnisse vergangener Zeitalter besaß, imstande wäre, den Maschinen ihr verborgenes Wissen zu entreißen. Aber Rorden war weit entfernt und würde Diaspar niemals verlassen.

Auf einmal stand der Plan voll ausgearbeitet vor seinem inneren Auge. Nur ein sehr junger Mensch konnte ihn erdacht haben, und selbst Alvins Selbstvertrauen stellte er auf eine harte Probe. Doch sobald die Entscheidung getroffen war, steuerte er sein Ziel mit Entschlossenheit und Schläue an.

Er zeigte auf die drei Maschinen.

»Sind sie identisch?« fragte er. »Ich meine, kann jede von ihnen alles tun, oder sind sie in irgendeiner Weise spezialisiert?«

Der alte Mann schaute ein wenig verwirrt drein.

»Darüber habe ich nie nachgedacht«, sagte er. »Wenn ich etwas brauche, frage ich diejenige, die gerade zur Hand ist. Ich glaube nicht, daß es einen Unterschied zwischen ihnen gibt.«

»Sie haben jetzt nicht mehr viel zu tun«, fuhr Alvin in unschuldigem Ton fort. Theon sah ihn von der Seite an, aber Alvin mied den Blick seines Freundes. Der alte Mann antwortete arglos. »Nein«, sagte er bekümmert. »Shalmirane ist nicht mehr, was es einst war.«

Alvin nickte mitfühlend: Dann begann er schnell und mit aller Überzeugungskraft, die er aufbringen konnte, zu sprechen. Zuerst schien der alte Mann seinen Vorschlag nicht zu verstehen; dann, als er begriff, gab Alvin ihm keine Gelegenheit, ihn zu unterbrechen. Er sprach von den großen Datenspeichern in Diaspar und von dem Sachverstand, mit dem der Verwahrer der Aufzeichnungen von ihnen Gebrauch machen konnte. Obwohl die Maschinen des Meisters allen anderen Forschern widerstanden hätten, würden sie ihre Geheimnisse möglicherweise Rordens geduldiger Erforschung preisgeben. Es wäre eine Tragödie, wenn die Gelegenheit ungenutzt bliebe, denn sie würde sich nie wieder ergeben.

Befeuert von der Hitze seines Vortrags, beendete Alvin seinen Appell mit den Worten: »Leih mir eine der Maschinen — du brauchst sie nicht alle. Befiehl ihr, meinen Anweisungen zu gehorchen, und ich werde sie nach Diaspar bringen. Ich verspreche dir, sie zurückzugeben, ob das Experiment gelingt oder nicht.«

Sogar Theon sah schockiert aus, und in das runzlige Gesicht des alten Mannes kam ein Ausdruck von Schrecken.

»Das könnte ich nicht tun!« stieß er hervor.

»Aber warum nicht? Wenn ich denke, was wir lernen könnten!«

Der andere schüttelte entschieden den Kopf.

»Es wäre gegen den Wunsch des Meisters.«

Alvin war enttäuscht — enttäuscht und verärgert. Aber er war jung, und sein Gegenspieler war alt und müde. So begann er noch einmal seine Argumente vorzutragen, veränderte seine Angriffsrichtung und nutzte jeden Vorteil. Und jetzt sah Theon zum erstenmal einen Alvin, von dem er bis dahin nichts geahnt hatte — eine Persönlichkeit, die Alvin selbst überraschte. Die Männer der Frühzeit hatten sich durch Hindernisse nicht beirren lassen, ihren Weg zu gehen, und die Willenskraft und Entschlossenheit, die ihr Erbe waren, hatten offenbar noch nicht ihren Abschied von der Erde genommen. Schon als Kind hatte Alvin den Kräften widerstanden, die ihn nach dem Muster von Diaspar hatten formen wollen. Jetzt war er älter, und gegen ihn stand nicht die größte Stadt der Welt, sondern nur ein betagter Mann, der nichts als seine Ruhe wollte und sie sicherlich bald finden würde.

9

Meister des Roboters

Der Abend war weit fortgeschritten, als der Wagen lautlos durch die letzten Baumkulissen glitt und die weite Lichtung von Airlee erreichte. Das Streitgespräch, das den größten Teil der Rückreise angedauert hatte, war jetzt beendet und der Friede wiederhergestellt. Sie waren niemals bis an den Rand tätlicher Auseinandersetzung gekommen, vielleicht, weil das Kräfteverhältnis so ungleich war. Theon hatte nur Krif als Helfer, aber Alvin konnte auf die argusäugige, vielarmige Maschine zählen, die er schon in sein Herz geschlossen hatte.

Theon hatte kein Blatt vor den Mund genommen. Er hatte seinen Freund einen Tyrannen genannt und ihm gesagt, daß er sich gründlich schämen solle. Aber Alvin hatte gelacht und sich mit seinem neuen Spielzeug beschäftigt. Er wußte nicht, wie die Übertragung stattgefunden hatte, aber er allein konnte den Roboter jetzt beherrschen, mit seiner Stimme sprechen und durch seine Augenlinsen sehen. Der Roboter würde niemandem außer ihm gehorchen.

Seranis erwartete sie in einem eigenartigen Zimmer, das keine Decke zu haben schien, obwohl Alvin wußte, daß es darüber ein Stockwerk gab. Sie schien mehr als bei ihrer ersten Begegnung in Sorge zu sein und unter Ungewißheit zu leiden, und Alvin erinnerte an die Entscheidung, die über ihn getroffen werden sollte. Bis jetzt hatte er sie verdrängt und beinahe vergessen, weil er sich eingeredet hatte, daß der Rat die Schwierigkeit irgendwie auflösen würde. Nun wurde ihm klar, daß die Ratsentscheidung vielleicht nicht nach seinem Geschmack war.

Seranis' Stimme spiegelte ihre innere Unruhe, und an ihren gelegentlichen Pausen merkte Alvin, daß sie Worte wiederholte, die sie sich vorher zurechtgelegt hatte.

»Alvin«, begann sie, »es gibt vieles, was ich dir noch nicht gesagt habe, aber du mußt es jetzt erfahren, wenn du unser Handeln verstehen sollst.

Du kennst einen der Gründe, die zur Isolation unserer beiden Völker führten. Die Furcht vor den Eindringlingen, dieser dunkle Schatten in den Tiefen eines jeden menschlichen Geistes, wandte dein Volk gegen die Welt und bewirkte, daß es sich in seinen eigenen Träumen verlor. Hier, in Lys, war diese Furcht niemals so groß, obwohl wir die Hauptlast des Angriffs trugen. Wir hatten bessere Gründe für unsere Handlungen, und was wir taten, taten wir mit offenen Augen.

Von jeher, Alvin, suchte die Menschheit Unsterblichkeit und erreichte sie schließlich bis zu einem gewissen Grad. Sie vergaß, daß eine Welt, die den Tod verbannt hatte, auch die Geburt verbannen mußte. Die Macht, die persönliche Lebenszeit auf Jahrtausende auszudehnen, brachte dem Individuum Zufriedenheit, der Rasse aber Stagnation. Du sagtest mir, daß du das einzige Kind seiest, das seit siebentausend Jahren in Diaspar geboren wurde — aber du hast gesehen, wie viele Kinder wir hier in Airlee haben. Vor langer, langer Zeit opferten wir unsere Unsterblichkeit, Diaspar aber folgt immer noch dem falschen Traum. Darum haben sich unsere Wege getrennt — und darum dürfen sie nie wieder zusammenführen.«

Obwohl er irgendwie damit gerechnet hatte, empfand er die Rede doch als sehr hart. Aber er weigerte sich, das Scheitern seiner Pläne zuzugeben, so unausgegoren sie auch waren, und lauschte Seranis nur noch mit geteilter Aufmerksamkeit. Er verstand und merkte sich, was sie sagte, aber der bewußte Teil seines Geistes war bereits dabei, sich mit den Hindernissen zu beschäftigen, die ihm in den Weg gelegt werden könnten, wenn er nach Diaspar zurückkehren wollte.

Seranis war offensichtlich unglücklich. Ihre Stimme klang beinahe beschwörend, und Alvin verstand, daß sie nicht nur zu ihm, sondern auch zu ihrem Sohn sprach. Theon beobachtete seine Mutter mit einer Beunruhigung, die mehr als eine Spur von Anklage enthielt.

»Wir haben kein Verlangen, dich gegen deinen Willen hier in Lys festzuhalten, aber du mußt begreifen, was es bedeuten würde, wenn unsere Völker sich vermischten. Zwischen unserer Kultur und Weltanschauung und denen Diaspars besteht eine Kluft, die genauso weit ist wie jene, die unsere Erde in früheren Zeiten von ihren alten Kolonien trennte. Denk darüber nach, Alvin. Du und Theon, ihr seid jetzt annähernd gleichaltrig — aber er und ich werden seit Jahrhunderten tot sein, wenn du noch immer ein Jüngling bist.«

Es wurde ganz still im Raum, so still, daß Alvin die seltsamen, klagenden Rufe unbekannter Tiere von den Weiden jenseits des Dorfes hören konnte. Dann sagte er, beinahe im Flüsterton: »Was verlangen Sie von mir?«

»Ich habe deinen Fall dem Rat vorgetragen, wie ich es versprochen hatte, aber das Gesetz kann nicht geändert werden. Du magst hier bleiben und einer von uns werden, oder du kannst nach Diaspar zurückkehren. Wenn du das tust, müssen wir vorher die Denkmuster deines Gehirns umformen, so daß du keine Erinnerung an Lys haben und niemals wieder versuchen wirst, uns zu erreichen.«

»Und Rorden? Er wüßte die Wahrheit, selbst wenn ich alles vergessen hätte.«

»Seit deinem Weggang haben wir viele Male mit Rorden gesprochen. Er anerkennt die Weisheit unserer Handlungsweise.«

In diesem dunklen Augenblick schien es Alvin, als habe sich die ganze Welt gegen ihn verschworen. Obwohl viel Wahrheit in Seranis' Worten war, wollte er sie nicht akzeptieren; er sah nur das Scheitern seiner noch unklaren Pläne, das Ende der Suche nach Wissen, das jetzt zum wichtigsten Element in seinem Leben geworden war.

Seranis mußte seine Gedanken gelesen haben.

»Ich werde dich für eine Weile verlassen«, sagte sie. »Aber denk daran — was du auch wählst, ein Zurück kann es nicht geben.«

Theon folgte ihr zur Tür, aber Alvin rief ihm nach. Da sah Theon forschend seine Mutter an, die einen Augenblick zögerte und dann nickte. Die Tür schloß sich leise hinter ihr, und Alvin wußte, daß sie sich ohne ihre Zustimmung nicht wieder öffnen würde.

Alvin wartete, bis seine wirr durcheinanderschießenden Gedanken wieder unter Kontrolle waren.

»Theon«, fing er an, »du wirst mir helfen, nicht wahr?«

Der andere nickte stumm.

»Dann sag mir, wie deine Leute mich aufhalten können, wenn ich versuche, wegzulaufen?«

»Das wäre einfach. Bei einem Fluchtversuch würde meine Mutter die Herrschaft über deinen Geist gewinnen. Sie wird dich nicht aus den Augen lassen, bis alles geregelt ist.«

»Das weiß ich«, sagte Alvin. »Aber blickt sie in diesem Augenblick in meinen Geist?«

Theon zögerte.

»Nein, jetzt nicht«, sagte er endlich. »Ich nehme an, sie läßt dich in Ruhe, damit ihre Gedanken dich nicht beeinflussen.«

Das war alles, was er wissen mußte. Zum erstenmal wagte Alvin seine Gedanken auf den einzigen Plan zu konzentrieren, der eine gewisse Hoffnung bot. Er war viel zu eigensinnig, um eine der Alternativen zu akzeptieren, die Seranis ihm geboten hatte, und selbst wenn nichts auf dem Spiel gestanden hätte, er hätte sich erbittert jedem Versuch widersetzt, der seinen Willen unterdrücken wollte.

Bald würde Seranis zurückkehren. Er konnte nichts unternehmen, bis sie wieder im Freien waren, und selbst dann wäre Seranis in der Lage, sein Handeln zu steuern. Und abgesehen davon war er davon überzeugt, daß viele Dorfbewohner ihn abfangen würden, lange bevor er in Sicherheit war.

Mit aller Sorgfalt, ohne ein Detail außer acht zu lassen, arbeitete er den einzig möglichen Fluchtweg aus, der ihn zu seinen Bedingungen nach Diaspar zurückführen konnte.

Theon warnte ihn, wenn Seranis in der Nähe war, und dann lenkte er seine Gedanken rasch in harmlose Bahnen. Es war nie leicht für sie gewesen, seine Denkart zu verstehen, und nun kam es Seranis vor, als blicke sie von der Höhe eines Berges auf eine in undurchdringlichen Nebel gehüllte Welt hinab. Bisweilen tat sich eine Öffnung in der Nebeldecke auf, und dann sah sie für Augenblicke, was darunter lag. Sie überlegte, was Alvin vor ihr zu verbergen suchte. Sie sondierte die Gedanken ihres Sohnes, aber Theon wußte nichts von Alvins Plänen. Sie dachte an die Vorkehrungen, die sie getroffen hatte: wie ein Mann vor einer großen Anstrengung die Muskeln spielen läßt, ging sie die Beherrschungstechniken durch, die sie vielleicht würde einsetzen müssen. Aber ihre Miene verriet nichts davon, als sie Alvin von der Tür her zulächelte.

»Nun«, fragte sie, »hast du dich entschlossen?«

Alvins Antwort ließ an Offenheit nichts zu wünschen übrig.

»Ja«, sagte er. »Ich werde nach Diaspar zurückkehren.«

»Das tut mir leid, und ich weiß, daß Theon dich vermissen wird. Aber vielleicht ist es besser so: Dies ist nicht deine Welt, und du mußt an dein eigenes Volk denken.«

Mit einer Geste ruhiger Zuversicht trat sie beiseite, um Alvin hinausgehen zu lassen.

»Die Männer, die deine Erinnerung an Lys auslöschen können, warten auf dich: Wir haben diese Entscheidung erwartet.«

Alvin war froh, daß Seranis ihn in die Richtung führte, die er nehmen wollte. Sie blickte nicht zurück, um zu sehen, ob er folgte. Jede ihrer Bewegungen sagte ihm: »Versuch nur wegzulaufen, wenn du willst — mein Geist ist mächtiger als der deine.« Und er wußte, daß es die Wahrheit war.

Sie hatten die Häuser hinter sich, als er haltmachte und sich zu seinem Freund umwandte.

»Leb wohl, Theon«, sagte er und streckte die Hände aus. »Dank für alles, was du getan hast. Eines Tages werde ich wiederkommen.«

Seranis war stehengeblieben und beobachtete ihn aufmerksam. Er lächelte zurück, während er die sieben oder acht Meter zwischen ihnen abschätzte.

»Ich weiß, daß Sie dies gegen Ihren Willen tun«, sagte er, »und ich mache Ihnen keinen Vorwurf daraus.

Mir gefällt auch nicht, was ich tue.« (Das stimmte nicht, wie er sich eingestehen mußte. Er hatte bereits seinen Spaß daran.) Er blickte schnell um sich: Niemand näherte sich, und Seranis hatte sich nicht vom Fleck gerührt. Noch immer beobachtete sie ihn, versuchte wahrscheinlich, in seine Gedanken einzudringen. Um zu verhindern, daß auch nur die Umrisse seines Plans in seinen Gedanken Form annahmen, redete er schnell weiter.

»Ich glaube nicht, daß Sie recht haben«, sagte er, sich seiner intellektuellen Arroganz so unbewußt, daß Seranis ein Lächeln nicht unterdrücken konnte. »Es ist falsch, daß Lys und Diaspar getrennt bleiben: Eines Tages könnten sie einander dringend benötigen. Also werde ich mit allem, was ich hier gelernt und erfahren habe, nach Haus gehen — und ich glaube nicht, daß Sie mich daran hindern können.«

Er wartete nicht länger, und es war gut so. Seranis bewegte sich nicht, aber augenblicklich fühlte er, wie er die Herrschaft über seinen Körper verlor. Die Kraft, die seinen eigenen Willen beiseitegefegt hatte, war noch mächtiger, als er erwartet hatte, und er verstand, daß viele verborgene Telepathen Seranis unterstützten. Hilflos begann er zur Mitte des Dorfes zurückzusehen, und einen schrecklichen Augenblick lang dachte er, sein Plan sei gescheitert.

Dann kam ein Aufblitzen von Stahl und Kristall, und die flexiblen Metallarme schlossen sich um ihn. Sein Körper wehrte sich, wie er nicht anders erwartet hatte, aber sein Zappeln war nutzlos. Der Boden blieb unter ihm zurück, und er gewann einen flüchtigen Blick auf Theon, der starr vor Staunen stand, ein einfältiges Lächeln im Gesicht.

Der Roboter trug ihn vier Meter über dem Boden dahin, viel schneller als ein Mensch laufen konnte. Seranis benötigte nur einen Augenblick, um seine List zu durchschauen, und seine Gegenwehr hörte auf, als sie ihre Kontrolle lockerte. Aber sie war noch nicht geschlagen, und nun geschah, was Alvin befürchtet und dem entgegenzuwirken er sein Möglichstes getan hatte.

In seinem Geist waren jetzt zwei getrennte Einheiten, und eine davon bedrängte den Roboter mit Bitten, ihn wieder abzusetzen. Der andere Alvin wartete, atemlos zusammengekauert, und widerstand den Kräften, die abzuwehren er bei weitem zu schwach war, nur ein wenig. Er hatte ein Spiel mit hohem Einsatz gewagt; es war nicht möglich, zu beurteilen, ob die Maschine so komplexe Anweisungen, wie er sie gegeben hatte, verstehen konnte. Unter keinen Umständen, hatte er dem Roboter gesagt, dürfe er weiteren Befehlen von ihm gehorchen, bis er sicher in Diaspar sei. So hatte er es dem Roboter eingeschärft. Wenn seine Anweisung befolgt wurde, hatte Alvin sein Geschick der Reichweite fremder Einmischung entzogen.

Ohne einen Augenblick einzuhalten, sauste die Maschine auf der Bahn dahin, die er ihr so sorgfältig beschrieben hatte. Ein Teil von ihm verlangte noch immer zornig, freigelassen zu werden, doch er wußte jetzt, daß er in Sicherheit war. Und bald hatte auch Seranis das begriffen, denn die Kräfte in seinem Gehirn hörten auf, einander zu bekriegen. Er war wieder im Einklang mit sich, wie in einem lang versunkenen Zeitalter ein früherer Wanderer es gewesen war, als er, an den Mast seines Schiffes gebunden, den Gesang der Sirenen über dem dunklen Meer hatte verklingen hören.

10

Verdoppelung

»Er führt getreulich alle Befehle aus, die ich ihm gebe«, schloß Alvin, »ganz gleich, wie kompliziert sie sind. Aber sobald ich ihm Fragen über seinen Ursprung stelle, erstarrt er zu Leblosigkeit.«

Die Maschine hing bewegungslos über dem Meisterassoziator. Ihre kristallenen Linsen glitzerten im silbrigen Licht wie große Juwelen. Von allen Robotern, die Rorden je gesehen hatte, war dieser hier der verblüffendste: Rorden glaubte mittlerweile, daß er von keiner menschlichen Zivilisation konstruiert worden war. So war es nicht überraschend, daß die Persönlichkeit des Meisters die Zeitalter überdauert hatte, wenn solche nie erlahmenden Diener die Erinnerung an ihn wachhielten.

Alvins Rückkehr hatte so viele Probleme aufgeworfen, daß Rorden es vorzog, nicht darüber nachzudenken. Selbst für ihn war es nicht einfach, die Existenz von Lys mit all den Folgerungen, die sich daraus ergaben, zu akzeptieren, und er fragte sich, wie Diaspar auf das neue Wissen reagieren würde. Wahrscheinlich würde die enorme Trägheit der Stadt den Schock mildern: Es konnte leicht sein, daß Jahre vergingen, bis alle Einwohner sich bewußt mit der Tatsache abfinden würden, daß sie nicht allein auf Erden waren.

Wenn es aber nach Alvin ginge, würden die Dinge viel schneller in Bewegung kommen. Es gab Zeiten, da Rorden bedauerte, daß Seranis' Vorhaben mißglückt war — alles wäre sehr viel einfacher gewesen. Das Problem war enorm, und zum zweitenmal in seinem Leben konnte Rorden sich nicht entscheiden, welches Vorgehen richtig war. Er fragte sich, wie oft Alvin ihn noch in ein solches Dilemma stoßen würde, und er lächelte ein wenig kläglich bei dem Gedanken. Denn so oder so, es machte keinen Unterschied: Alvin würde tun, was ihm gefiel und was er für richtig hielt.

Bisher wußten, außer Alvins eigener Familie, nicht mehr als ein Dutzend Menschen, was geschehen war. Seine Eltern, mit denen ihn nur noch wenig Gemeinsames verband und die er oft wochenlang nicht sah, schienen noch immer zu denken, daß er in einem entlegenen Teil der Stadt gewesen sei. Jeserac hatte als einziger heftig reagiert: Als er den anfänglichen Schock überwunden hatte, war er mit Rorden in Streit geraten, und die beiden sprachen nicht mehr miteinander. Alvin, der das hatte kommen sehen, glaubte den Grund zu kennen. Aber zu seiner Enttäuschung wollte keiner der Beteiligten über die Sache sprechen.

Es war immer noch Zeit, dafür zu sorgen, daß Diaspar die Wahrheit erkannte; einstweilen war Alvin zu sehr auf den Roboter konzentriert. Er glaubte, und Rorden stimmte ihm darin zu, daß die Geschichte, die er in Shalmirane gehört hatte, nur ein Bruchstück einer weit größeren Geschichte gewesen war. Anfangs war Rorden skeptisch gewesen, und er vertrat noch immer die Meinung, daß die »Großen« nicht mehr seien als einer der zahllosen religiösen Mythen der Menschheit. Nur der Roboter wußte die Wahrheit, und er hatte eine Million Jahre allen Befragungen getrotzt, so wie er ihnen jetzt trotzte.

»Das Dumme ist«, sagte Rorden, »daß es auf Erden keine Ingenieure mehr gibt.«

Alvin schaute ihn verständnislos an. Obwohl der Umgang mit dem Verwahrer der Aufzeichnungen seinen Wortschatz enorm vergrößert hatte, gab es noch immer Tausende von archaischen Worten, die ihm nichts sagten.

»Ein Ingenieur«, erläuterte Rorden, »war ein Mann, der Maschinen konstruierte und baute. Wir können uns ein Zeitalter ohne Roboter nicht vorstellen, aber jede Maschine auf der Welt mußte irgendwann einmal erfunden werden, und bis die Instandhaltungsroboter gebaut wurden, waren Menschen für ihre Wartung und Reparatur erforderlich. Als die Maschinen für sich selbst sorgen konnten, wurden keine menschlichen Ingenieure mehr benötigt. Ich glaube, daß diese Darstellung einigermaßen zutreffend ist, obwohl sie natürlich größtenteils auf Vermutungen beruht. Jede Maschine, die wir besitzen, existierte schon zu Beginn unserer Geschichte, und viele waren lange vor ihrem Anfang schon wieder verschwunden.«

»Wie Flieger und Raumschiffe«, warf Alvin ein.

»Ja«, sagte Rorden. »Ebenso wie die großen Kommunikatoren, mit denen man die Sterne erreichen konnte. All diese Dinge verschwanden, als sie nicht mehr benötigt wurden.«

Alvin schüttelte den Kopf. »Ich glaube immer noch«, sagte er, »daß das Verschwinden der Raumschiffe nicht so einfach erklärt werden kann. Aber um auf die Maschinen zurückzukommen — glauben Sie, daß die Meisterroboter uns helfen könnten? Natürlich habe ich nie einen gesehen und weiß nicht viel über sie.«

»Uns helfen? In welcher Weise?«

»Ich weiß es selbst nicht genau«, sagte Alvin. »Vielleicht könnten sie den Roboter zwingen, *all* meinen Befehlen zu gehorchen. Schließlich reparieren sie Roboter, nicht wahr? Ich nehme an, das wäre eine Art Reparatur . . .«

Er verstummte, als sei es ihm nicht einmal gelungen, sich selbst zu überzeugen.

Rorden lächelte. Die Idee war von solch argloser Schlichtheit, daß er sich nicht viel davon versprach. Andererseits war diese historische Forschung der erste von Alvins Plänen, für den er sich begeistern konnte, und außerdem konnte er mit keinem besseren Plan aufwarten.

Er ging zum Assoziator, über dem der Roboter noch immer wie in einstudierter Gleichgültigkeit schwebte. Als er anfing, an der großen Tastatur seine Fragen zu formulieren, kam ihm plötzlich ein so abwegiger Gedanke, daß er laut auflachen mußte.

Alvin blickte erstaunt auf.

»Paß auf, Alvin«, sagte Rorden, »ich fürchte, wir zwei haben noch vieles über Maschinen zu lernen.« Er legte seine Hand an den glatten Metallrumpf des Roboters. »Sie teilen nicht viele menschliche Empfindungen mit uns, weißt du. Es war wirklich nicht nötig, daß wir unsere Beratung im Flüsterton führten.«

Diese Welt, dachte Alvin, war nicht für Menschen gemacht. Im grellen Licht der trichromatischen Lichter — so blendend, daß es in den Augen schmerzte — schienen sich die breiten Korridore in die Unendlichkeit zu erstrecken. Durch diese weiten Korridore mußten alle Roboter von Diaspar am Ende ihres geduldigen Lebens gehen, aber von menschlichen Schritten hatten diese Wände in einer Million Jahren nicht widergehallt.

Es war nicht schwierig gewesen, die Pläne der unterirdischen Stadt zu finden, der Ebene der Maschinen, ohne die Diaspar nicht existieren konnte. Ein paar hundert Schritte voraus mußte der Korridor sich in eine meilenweite Halle öffnen, deren Dach von mächtigen Säulen getragen wurde, die auch das unvorstellbare Gewicht der Energiezentrale tragen mußten. Wenn die Pläne den Tatsachen entsprachen, dann mußten hier die Meisterroboter, die größte aller Maschinen, über Diaspar wachen.

Die Halle war da, und sie war noch gigantischer, als Alvin es sich vorgestellt hatte, aber wo waren die Maschinen? Er blieb staunend stehen, überwältigt von dem gewaltigen, aber für seine Begriffe bedeutungslosen Panorama. Der Korridor endete über dem Boden der Halle — mit Sicherheit der größte unterirdische Hohlraum, den Menschen je gebaut hatten — und war mit diesem durch eine lange Rampe verbunden. Die Halle selbst lag im gleichen grellen Licht wie die Korridore, und zwischen den Säulenreihen waren Hunderte von großen, weißen Bauten, so daß Alvin zuerst dachte, er habe eine unterirdische Stadt vor sich. Der Eindruck war seltsam lebhaft und sollte sich nie ganz aus seinem Gedächtnis verlieren. Nirgendwo gab es den gewohnten Anblick — das vertraute Glänzen von Metall, das der Mensch von jeher mit seinen Dienern, den Maschinen, in Verbindung brachte.

Hier war das Ende einer Evolution, die beinahe so lang wie die des Menschen war. Ihr Beginn verlor sich in den Nebeln der Frühzeit, als die Menschheit gelernt hatte, sich die Kräfte der Natur nutzbar zu machen, und ihre lärmenden Maschinen auf die Welt losgelassen hatte. Dampf, Wasser, Wind — alles war für eine Weile in den Dienst genommen und dann aufgegeben worden. Jahrhundertelang hatte in Energie umgewandelte Materie die Maschinen der Welt angetrieben, bis auch diese von anderen verdrängt worden waren, und mit jeder Veränderung waren die alten Maschinen vergessen, und die neuen nahmen ihren Platz ein. Sehr langsam, über Millionen Jahre hinweg, kam man dem Ideal der vollkommenen Maschine näher — dem Ideal, das zuerst ein Traum, dann eine vage Möglichkeit gewesen und zuletzt Wirklichkeit geworden war:

Keine Maschine soll irgendwelche beweglichen Teile enthalten.

Das war die Vollendung dieses Ideals. Sie zu erreichen, hatte die Menschheit vielleicht tausend Millionen Jahre gebraucht, und in der Stunde ihres Triumphes hatte sie der Maschine für immer den Rücken gekehrt.

Der Roboter, den sie suchten, war nicht so groß wie viele seiner Gefährten, aber Alvin und Rorden fühlten sich erdrückt, als sie vor ihm standen. Die fünf Etagen mit ihren horizontalen Linien vermittelten den Eindruck eines geduckten, vorzeitlichen Ungeheuers, und als Alvin von diesem Koloß zu seinem eigenen Roboter blickte, fand er es sonderbar, daß für beide der gleiche Name verwendet wurde.

Ungefähr einen Meter über dem Boden verlief ein breites, transparentes Feld über die ganze Frontseite des Gehäuses. Alvin drückte Stirn und Nase gegen das glatte, eigentümlich warme Material und spähte hinein. Zuerst sah er nichts; dann, als er die Augen beschirmte, konnte er Tausende von schwachen Lichtpunkten ausmachen, die scheinbar im Nichts hingen. Sie waren in einem dreidimensionalen Gitternetzt angeordnet, das ihm so seltsam und so bedeutungslos vorkam wie alles andere, das er hier gesehen hatte.

Rorden war an seine Seite gekommen, und zusammen starrten sie in das brütende Ungeheuer. Obwohl sie viele Minuten verharrten, war keine Veränderung festzustellen: Die farbigen Lichtpunkte blieben an Ort und Stelle, und ihre Helligkeit blieb immer gleich.

Endlich wandte Alvin seinen Blick von dem ihm unverständlichen Schauspiel zu seinem väterlichen Freund und Mentor.

»Was hat das zu bedeuten?«

»Wenn wir in unseren eigenen Verstand blicken könnten«, sagte Rorden, »würden wir ebenso wenig verstehen. Die Roboter scheinen bewegungslos, weil wir ihre Gedanken nicht sehen können.«

Zum erstenmal blickte Alvin mit einer Ahnung von Verständnis die lange Reihe der Titanen entlang. Sein Leben lang hatte er ohne Frage das Wunder der Synthetisatoren akzeptiert, jener Maschinen, die seit Urzeiten in niemals endendem Strom alles erzeugten, was die Bewohner der Stadt benötigten. Tausende von Malen hatte er diesen Schöpfungsakt beobachtet, ohne zu überlegen, wie viele Versuche und Prototypen notwendig gewesen waren, bis diese Vollkommenheit erreicht worden war.

Wie ein menschlicher Verstand sich längere Zeit mit einem einzigen Gedanken beschäftigen konnte, so konnten diese größeren Gehirne die verwickeltsten Ideen und Zusammenhänge erfassen und für immer festhalten. Die Baumuster und Herstellungsverfahren aller erzeugten Dinge waren in diesen unsterblichen Kunstgehirnen gespeichert und bedurften nur der Berührung eines menschlichen Willens, um sie Realität werden zu lassen.

Die Menschheit hatte es weit gebracht, seit die ersten Höhlenbewohner geduldig ihre Faustkeile und Messer aus dem harten Feuerstein geschlagen haben. Aber im Laufe dieses Prozesses hatten sie die Welt bis zur Unkenntlichkeit verändert.

»Unser Problem besteht jetzt darin, mit der Maschine in Verbindung zu treten«, sagte Rorden. »Sie kann keine unmittelbare Kenntnis von uns haben, weil wir ihr Bewußtsein nicht erreichen. Wenn meine Information zutrifft, dann muß es irgendwo eine Interpretationsmaschine geben. Das war ein Robotertyp, der menschliche Anweisungen in Befehle umwandelte, die den Meisterrobotern verständlich waren. Sie waren reine Intelligenz mit wenig Speicherkapazität — geradeso wie diese Maschine eine enorme Speicherkapazität mit relativ wenig Intelligenz verbindet.«

Alvin überlegte eine Weile, dann nickte er zu seinem eigenen Roboter.

»Warum versuchen wir es nicht mit ihm?« schlug er vor. »Roboter haben eine sehr pedantische Intelligenz. Er wird sich nicht weigern, unsere Instruktionen weiterzugeben, denn ich kann mir nicht denken, daß der Meister jemals an eine Situation wie diese dachte.«

Rorden lachte. »Wahrscheinlich nicht, aber da es eine speziell für diesen Zweck konstruierte Maschine gibt, wäre es wohl am besten, sie zu gebrauchen.«

Die Interpretationsmaschine war ein verhältnismäßig kleines Gerät, eine hufeisenförmige Konstruktion um einen Bildschirm, der bei ihrer Annäherung aufleuchtete. Von allen Maschinen in dieser weiten Halle war sie die einzige, die das Auftreten von Menschen mit einer Reaktion quittiert hatte, und ihre Begrüßung schien ein wenig geringschätzig, denn auf dem Bildschirm erschienen die Worte:

ERKLÄREN SIE IHR PROBLEM
BITTE DENKEN SIE KLAR

Alvin ignorierte die darin enthaltene Beleidigung und begann mit seiner Geschichte. Obwohl er bei zahllosen Anlässen durch Wort oder Gedanken mit Robotern kommuniziert hatte, spürte er jetzt, daß er sich an eine künstliche Intelligenz wandte, die mehr war als eine bloße Maschine. So leblos sie war, besaß sie doch eine logische Denkfähigkeit, die wahrscheinlich größer war als seine eigene. Der Gedanke war seltsam, aber er deprimierte ihn nicht weiter — denn wozu war Intelligenz allein gut?

Er brachte sein Anliegen vor, und die Stille des überwältigenden Raumes drang wieder auf sie ein. Eine Weile zeigte der Bildschirm nichts als flimmernden Nebel, dann klärte er sich auf, und die Maschine antwortete:

REPARATUR UNMÖGLICH
ROBOTER VON UNBEKANNTEM TYP

Alvin wandte sich enttäuscht zu seinem Begleiter, doch ehe er etwas sagen konnte, verschwanden die Buchstaben, und eine zweite Botschaft erschien:

VERDOPPELUNG BEENDET
BITTE ÜBERPRÜFEN UND QUITTIEREN SIE

Gleichzeitig blinkte über einer horizontalen Konsole ein rotes Licht, das Alvin zuvor nicht gesehen hatte; er war sicher, daß er es bemerkt hätte, wäre es vorher schon dagewesen. Verwundert beugte er sich vor, aber ein Ausruf von Rorden ließ ihn herumfahren. Der Verwahrer zeigte auf den großen Meisterroboter, wo Alvin seine eigene Maschine zurückgelassen hatte.

Sie hatte sich nicht von der Stelle gerührt, aber sie hatte sich verdoppelt. Neben ihr hing ein so genaues Duplikat in der Luft, daß Alvin nicht unterscheiden konnte, welches das Original und welches die Kopie war.

»Ich sah, wie es passierte«, sagte Rorden aufgeregt. »Plötzlich schien er sich auszudehnen, als ob zu beiden Seiten Millionen von Repliken entstanden wären. Dann verschwanden alle Abbilder, und nur diese zwei kompletten Exemplare blieben. Das auf der rechten Seite ist das Original.«

11

Der Rat

Alvin hatte seine Verblüffung noch nicht überwunden, als er langsam zu verstehen begann, was geschehen sein mußte. Sein Roboter konnte nicht gezwungen werden, gegen die Anweisungen, die er vor so langer Zeit erhalten hatte, ungehorsam zu sein. Aber es konnte ein Duplikat mit all seinem Wissen, aber ohne die unüberwindliche Gedächtnisblockade hergestellt werden. So interessant diese Lösung war, der Verstand wäre unklug, allzu lange bei den Kräften zu verweilen, die sie möglich machten.

Die Roboter setzten sich gleichzeitig in Bewegung, als Alvin sie zu sich rief. Wie er es sich Rorden zuliebe angewöhnt hatte, sprach er seine Befehle laut, und als die beiden Roboter vor ihm hielten, stellte er wieder die Frage, die er so viele Male in verschiedener Form vorgebracht hatte:

»Kannst du mir sagen, wie dein erster Meister nach Shalmirane gekommen ist?«

Rorden wünschte, daß sein Verstand die geräuschlosen Antworten auffangen könnte, von denen er nie auch nur ein Bruchstück hatte verstehen können. Aber diesmal schien es nicht nötig, denn das freudige Lächeln, das sich über Alvins Gesicht ausbreitete, war Antwort genug.

Der Junge schaute ihn triumphierend an.

»Nummer eins ist geradeso wie immer«, sagte er, »aber Nummer zwei ist bereit zu reden.«

»Ich meine, wir sollten warten, bis wir wieder zu Hause sind, ehe wir anfangen, Fragen zu stellen«, sagte der praktisch denkende Rorden. »Wir werden den Assoziator und ein Aufzeichnungsgerät brauchen.«

Obwohl er ungeduldig war, mußte Alvin zugeben, daß der Rat weise war. Als er sich zum Gehen wandte, lächelte Rorden über seinen jugendlichen Eifer und sagte:

»Hast du nicht etwas vergessen?«

Das rote Licht am Interpretationsroboter blinkte noch immer, und auf dem Bildschirm leuchtete seine letzte Botschaft:

BITTE ÜBERPRÜFEN UND QUITTIEREN SIE

Alvin ging hinüber und untersuchte die Konsole, auf der das Licht blinkte. Darin eingelassen war ein Fenster aus einer fast unsichtbaren Substanz, das einen vertikal durchgesteckten Schreibstift hielt. Die Spitze dieses Stiftes ruhte auf einem Blatt weißen Materials, das bereits mehrere Unterschriften und Daten trug. Die letzte Eintragung war vor beinahe fünfzigtausend Jahren gewesen, und Alvin erinnerte sich, daß es der Name eines Ratspräsidenten war. Darüber waren zwei andere Namen sichtbar, die weder ihm noch Rorden etwas sagten. Das war auch nicht überraschend, denn sie waren vor dreiundzwanzig und siebenundfünfzig Millionen Jahren geschrieben worden.

Alvin konnte keinen Sinn in diesem Ritual finden, begriff aber, daß er niemals die Arbeitsweise des Verstandes ergründen konnte, der dieses System ersonnen hatte. Mit einem gewissen Gefühl von Unwirklichkeit umfaßte er den Schreibstift und begann seinen Namen zu schreiben. Der Stift schien sich in der horizontalen Ebene völlig frei zu bewegen, denn in dieser Richtung bot das Fenster nicht mehr Widerstand als die Wand einer Seifenblase. Aber nicht einmal mit seiner ganzen Kraft war er imstande, ihn vertikal zu bewegen.

Sorgfältig schrieb er das Datum dazu und ließ den Schreibstift los. Der bewegte sich langsam über das Blatt zurück zu seiner ursprünglichen Position — und die Konsole mit ihrem blinkenden Licht war verschwunden.

Als Alvin fortging, fragte er sich, warum seine Vorgänger hierhergekommen waren und was sie von der Maschine gewollt hatten. Tausende oder Millionen Jahre in der Zukunft würden zweifellos andere Männer in dieses Konsolenfenster blicken und sich fragen: »Wer war Alvin von Loronei?« Oder würden sie *nicht* fragen? Vielleicht würden sie statt dessen ausrufen: »Schau her! Hier ist Alvins Überschrift!«

Der Gedanke war für ihn in seiner gegenwärtigen Stimmung nicht untypisch, aber er war klug genug, ihn seinem väterlichen Freund vorzuenthalten.

Am Eingang des Korridors blickten sie zurück durch die Halle, und die Illusion war vielleicht noch stärker als zuvor. Vor ihnen lag eine tote Stadt seltsamer weißer Gebäude, eine Stadt, gebleicht von grellem Licht, das nicht für menschliche Augen gemacht war. Tot mochte sie sein, denn sie hatte nie gelebt, aber Alvin verstand, daß diese Maschinen noch hier stehen würden, wenn Diaspar längst vergangen war, ohne ihr künstliches Bewußtsein jemals von den Gedanken zu wenden, die größere Männer als er ihnen vor langer Zeit eingegeben hatten.

Sie sprachen wenig auf dem Weg zurück durch die Straßen von Diaspar. Das Sonnenlicht schien nach dem blendenden Glanz der Maschinenstadt blaß und schwach. Jeder von ihnen dachte auf seine Weise an das Wissen, das bald ihm gehören würde, und keiner hatte einen Blick für die Schönheit der majestätisch an ihnen vorüberziehenden Türme oder die neugierigen Gesichter ihrer Mitbürger.

Es war seltsam, dachte Alvin, wie alles, was ihm widerfahren war, zu diesem Augenblick hingeführt hatte. Er wußte gut genug, daß jeder seines Glückes Schmied war, doch seit er Rorden getroffen hatte, schienen die Ereignisse sich von selbst auf ein vorbestimmtes Ziel zubewegt zu haben. Alaines Botschaft — Lys — Shalmirane — in jedem Stadium hätte er sich mit nicht sehenden Augen abwenden können, aber etwas hatte ihn weitergeführt. Es war angenehm, sich vorzumachen, daß das Schicksal ihn begünstigt habe, aber sein rationaler Verstand wußte es besser. Jeder hätte den Weg finden können, den er gegangen war, und in der Vergangenheit mußten andere ungezählte Male beinahe so weit gegangen sein. Er war einfach der erste, der Glück gehabt hatte.

Der erste, der Glück gehabt hatte. Die Worte widerhallten spöttisch in seinen Ohren, als sie Rordens Arbeitszimmer betraten. Dort erwartete sie, die Hände geduldig auf dem Schoß gefaltet, ein Mann in einer seltsamen Kleidung, wie Alvin sie noch nie gesehen hatte. Der Junge blickte fragend zu Rorden und erschrak über die plötzliche Blässe seines älteren Freundes. Dann verstand er, wer der Besucher war.

Der Mann erhob sich, als sie eingetreten waren, und machte eine steife, förmliche Verbeugung. Wortlos überreichte er Rorden einen kleinen Zylinder. Der Verwahrer nahm ihn mit hölzerner Gebärde entgegen und erbrach das Siegel. Die fast unglaubliche Seltenheit einer schriftlichen Botschaft machte die wortlose Übergabe doppelt eindrucksvoll. Als er sie gelesen hatte, gab Rorden den Zylinder mit einer leichten Verbeugung zurück, über die Alvin trotz seiner Beklommenheit lächeln mußte.

Rorden schien sich rasch von seinem Schrecken erholt zu haben, denn als er sprach, war seiner Stimme nichts anzumerken.

»Es scheint, daß der Rat mit uns sprechen möchte, Alvin. Ich fürchte, wir haben ihn schon warten lassen.«

Alvin hatte es bereits erraten. Die Krise war früher als erwartet gekommen — viel früher. Er hatte, sagte er sich, keine Angst vor dem Rat, aber die Unterbrechung war ärgerlich. Sein Blick ging unwillkürlich zu den Robotern.

»Du wirst sie zurücklassen müssen«, sagte Rorden mit Entschiedenheit.

Ihre Blicke trafen sich hart, dann sah Alvin zum Überbringer der Botschaft und nickte.

»In Ordnung«, sagte er still.

Auf dem Weg zum Sitzungssaal der Ratsversammlung fiel kaum ein Wort. Alvin legte sich die Argumente zurecht, die er vorher nie richtig durchdacht hatte, weil er der Meinung gewesen war, sie würden für viele Jahre nicht benötigt und schon gar nicht zur eigenen Rechtfertigung. Er war mehr verdrießlich als alarmiert und ärgerte sich, daß er unzureichend vorbereitet war.

Sie warteten nur wenige Minuten im Vorraum, aber lange genug, daß Alvin sich fragen konnte, warum ihm die Knie so eigentümlich weich waren, wenn er keine Angst hatte. Dann öffnete sich die große Flügeltür, und sie schritten auf die zwanzig Männer zu, die sich um ihren berühmten Ratstisch versammelt hatten.

Dies war die erste Sitzung der Ratsversammlung in Alvins Lebenszeit, und er fühlte sich ein wenig geschmeichelt, als er sah, daß es keine leeren Sitze gab.

Er hatte nicht gewußt, daß Jeserac ein Ratsmitglied war. Seinen erschrockenen Blick quittierte der alte Mann mit einem verstohlenen Lächeln, als wolle er sagen: »Das hat nichts mit mir zu tun.« Dabei aber rückte er unbehaglich auf seinem Stuhl. Die meisten der anderen Gesichter hatte Alvin erwartet; nur zwei waren ihm unbekannt.

Der Ratspräsident sprach ihn in freundlichem Ton an, und angesichts der bekannten Gesichter konnte Alvin keinen Anlaß für Rordens Bestürzung sehen. Seine Zuversicht kehrte zurück: Rorden, entschied er, hatte etwas von einem Feigling. Damit tat er seinem Freund unrecht, denn obwohl Mut niemals eine von Rordens hervorstechendsten Eigenschaften war, betraf seine Sorge das alte Amt, das er inne hatte, beinahe ebensosehr wie ihn selbst. Noch nie in der Geschichte war ein Verwahrer der Aufzeichnungen seines Postens enthoben worden; Rorden war daran gelegen, keinen Präzedenzfall zu schaffen.

In den wenigen Minuten, in denen Alvin in dem Sitzungssaal war, hatten seine Pläne eine bemerkenswerte Veränderung erfahren. Die Rede, die er sich so sorgsam zurechtgelegt hatte, war vergessen, die schönen Wendungen, die ihm dazu eingefallen waren, wurden widerwillig verabschiedet. Zu seiner Unterstützung war jetzt sein verräterischster Verbündeter gekommen — dieser Sinn für das Lächerliche, der es ihm immer schon unmöglich gemacht hatte, selbst die feierlichsten Anlässe ganz ernst zu nehmen. Der Rat mochte einmal in tausend Jahren zusammentreten; er mochte die Geschicke Diaspars beherrschen — aber die Leute, die in seinen Versammlungen saßen, waren nur müde alte Männer. Alvin kannte Jeserac, und er glaubte nicht, daß die anderen sehr verschieden von ihm waren. Er empfand ein ihn selbst verwirrendes Mitleid mit ihnen, und auf einmal kam ihm wieder in den Sinn, was Seranis ihm in Lys gesagt hatte: daß sie vor langer Zeit ihre Unsterblichkeit geopfert hätten, während Diaspar noch immer dem falschen Traum folge. Das hatten diese Männer tatsächlich getan, und er glaubte nicht, daß es sie glücklich gemacht hatte.

Als Alvin vom Ratspräsidenten aufgefordert wurde, seine Reise nach Lys zu schildern, war er allem Anschein nach nicht mehr als ein Junge, welcher zufällig auf eine Entdeckung gestoßen war, der er wenig Bedeutung beimaß. Er unterließ jede Andeutung eines Planes oder tieferen Sinnes: Nur natürliche Neugier hatte ihn aus Diaspar fortgelockt. Es hätte jedem so ergehen können, doch ihm gelang es, den Eindruck zu erwekken, als erwartete er, für seine Klugheit gelobt zu werden. Von Shalmirane und den Robotern sagte er nichts.

Es war eine recht gute Leistung, obwohl Alvin der einzige war, der sie voll zu würdigen verstand. Die Ratsmitglieder schienen insgesamt günstig beeindruckt, aber Jeserac zeigte einen Gesichtsausdruck, in dem Erleichterung und Ungläubigkeit im Streit miteinander lagen. Zu Rorden wagte Alvin nicht hinzusehen.

Als er geendet hatte, blieb es eine Weile still, während die Ratsmitglieder seine Erklärung überdachten. Dann nahm der Ratspräsident wieder das Wort:

»Wir anerkennen«, sagte er, offensichtlich um sorgfältige Wortwahl bemüht, »daß du dich in deinem Handeln von den besten Motiven hast leiten lassen. Du hast jedoch eine etwas schwierige Situation für uns geschaffen. Bist du ganz sicher, daß deine Entdeckung zufällig war und daß niemand dich, sagen wir, in irgendeiner Weise beeinflußt hat?« Sein Blick wanderte nachdenklich zu Rorden.

Zum letztenmal gab Alvin den mutwilligen Eingebungen seines Geistes nach.

»Das würde ich nicht sagen«, antwortete er, nachdem er sich den Anschein reiflicher Überlegung gegeben hatte. Unter den Ratsmitgliedern erwachte neues Interesse, und Rorden regte sich unbehaglich an Alvins Seite. Dieser schenkte seinen Zuhörern ein Lächeln, das nichts an Freimütigkeit zu wünschen übrigließ, und fügte in arglosem Ton hinzu:

»Ganz sicher verdanke ich sehr viel meinem Lehrer.«

Dieses unerwartete und höchst irreführende Kompliment bewirkte, daß alle Blicke sich auf Jeserac richteten, der tief errötete, zu einer Erwiderung ansetzte und sich dann eines Besseren besann. Es folgte eine peinliche Stille, bis der Ratspräsident in die Bresche sprang.

»Ich danke dir«, sagte er hastig. »Du wirst hierbleiben, während wir deine Erklärung zum Gegenstand unserer Überlegungen machen.«

Von Rorden war ein vernehmliches Seufzen der Erleichterung zu hören — und das blieb für einige Zeit das letzte Geräusch. Eine Decke von Stille hatte sich auf ihn herabgesenkt, und obwohl er die Ratsmitglieder erhitzt argumentieren sehen konnte, erreichte ihn kein Wort ihrer Diskussion. Zuerst war es erheiternd, aber bald wurde das Schauspiel langweilig, und er war froh, als die Stille wieder von ihm genommen wurde.

»Wir sind zu dem Schluß gelangt«, sagte der Ratspräsident, »daß es ein unglückliches Mißgeschick gegeben hat, für das niemand verantwortlich gemacht werden kann — obwohl wir der Meinung sind, daß der Verwahrer der Aufzeichnungen uns früher über die Geschehnisse hätte informieren sollen. Vielleicht aber ist es ganz gut, daß diese gefährliche Entdeckung gemacht worden ist, denn wir können jetzt die geeigneten Schritte unternehmen, um weitere Vorkommnisse dieser Art zu verhindern. Wir werden uns mit dem Transportsystem beschäftigen, das du ausfindig gemacht hast, und Sie«, sagte er, zum erstenmal an Rorden gewandt, »werden dafür Sorge tragen, daß alle Hinweise auf Lys aus den Aufzeichnungen entfernt werden.«

Es gab beifälliges Gemurmel, und die Gesichter der Ratsmitglieder zeigten Genugtuung und Befriedigung. Eine schwierige Situation war rasch bereinigt worden, sie hatten die unerfreuliche Notwendigkeit vermieden, den Verwahrer der Aufzeichnungen zu tadeln. Nun konnten sie mit dem Gefühl, daß sie, die wichtigsten Bürger von Diaspar, ihre Pflicht getan hatten, wieder ihrer Wege gehen. Mit etwas Glück mochte es Jahrhunderte dauern, ehe sich wieder die Notwendigkeit einer Ratsversammlung ergab.

Sogar Rorden, obschon um Alvins und seiner selbst willen enttäuscht, fühlte sich erleichtert über den Ausgang. Es hätte viel schlimmer kommen können —

Eine Stimme, die er nie zuvor gehört hatte, brach in seine Gedanken ein und ließ die Ratsmitglieder auf ihren Plätzen erstarren und das selbstzufriedene Lächeln langsam aus ihren Gesichtern schwinden.

»Warum eigentlich wollen Sie den Weg nach Lys schließen?«

Es dauerte eine Weile, bis Rorden, der das Unheil nicht wahrhaben wollte, sich eingestand, daß es Alvin war, der gesprochen hatte.

Der Erfolg seiner Ausflucht hatte Alvin nur kurzzeitig Befriedigung verschafft. Während der abschließenden Erklärung des Ratspräsidenten war sein Zorn ständig gewachsen. Er erkannte, daß seine Pläne trotz all seiner Schläue durchkreuzt werden sollten. Die Empfindungen, die er in Lys gehabt hatte, als er von Seranis mit dem Ultimatum konfrontiert worden war, kehrten verstärkt wieder zurück. Er hatte jenen ersten Kampf gewonnen, und der Geschmack der Macht war noch immer süß.

Diesmal hatte er keinen hilfreichen Roboter, und er kannte den Ausgang nicht. Aber er fürchtete diese törichten alten Männer nicht mehr, die sich als die Herren der Stadt wähnten. Er hatte die wahren Herrscher Diaspars gesehen und in der ernsten Stille ihrer strahlenden, unterirdischen Welt zu ihnen gesprochen. So warf er in Zorn und Überheblichkeit alle Vorstellungen ab, und die Ratsmitglieder hielten vergeblich nach dem naiven Jungen Ausschau, der noch vor wenigen Minuten zu ihnen gesprochen hatte.

»Warum wollen Sie den Weg nach Lys schließen?«

Im Sitzungssaal herrschte Stille, aber Jeserac hatte ein heimliches Lächeln auf den Lippen. Dieser Alvin war ihm neu, aber er war weniger fremdartig als derjenige, der vorher gesprochen hatte.

Der Ratspräsident beschloß die Herausforderung zu ignorieren. Vielleicht konnte er nicht glauben, daß es mehr als eine unschuldige Frage war, auch wenn der Junge sie mit einiger Heftigkeit vorgebracht hatte.

»Das ist eine Frage der Politik, die wir hier nicht diskutieren können«, sagte er von oben herab, »aber Diaspar kann die Verseuchung durch andere Kulturen nicht riskieren.« Er schenkte Alvin ein wohlwollendes, aber leicht besorgtes Lächeln.

»Es ist ziemlich seltsam«, sagte Alvin, »daß man mir in Lys genau dasselbe über Diaspar sagte.« Er war froh, als er den Beginn von Verärgerung sah, ließ seinen Zuhörern aber keine Zeit zu Erwiderungen.

»Lys«, fuhr er fort, »ist viel größer als Diaspar, und

seine Kultur ist sicherlich nicht minderwertiger. Man hat dort immer von uns gewußt, es aber vorgezogen, sich nicht in Erinnerung zu bringen — wie Sie es ausdrücken, um der Verseuchung zu entgehen. Ist es nicht offensichtlich, daß wir uns *beide* irren?«

Er blickte erwartungsvoll die Reihe der Gesichter entlang, aber nirgendwo stieß er auf Verständnis seiner Worte. Sein Zorn auf diese unbeweglichen, alten Männer wuchs zu einem Crescendo. Das Blut pochte ihm in den Schläfen, und obwohl es ihm gelang, die Erregung aus seiner Stimme zu verbannen, enthielt sie jetzt einen Unterton eisiger Verachtung, den selbst die friedfertigsten Ratsmitglieder nicht ganz überhören konnten.

»Unsere Vorfahren«, begann Alvin, »errichteten ein Reich, das zu den Sternen reichte. Menschen kamen und gingen nach Belieben zwischen all diesen Welten — und nun fürchten ihre Nachkommen sich, die Mauern ihrer Stadt zu verlassen. Soll ich ihnen sagen, warum?« Er machte eine Pause. Niemand in dem großen, kahlen Raum bewegte sich.

»Weil wir Angst haben — Angst vor etwas, was am Beginn der Geschichte geschah. In Lys erfuhr ich die Wahrheit, die ich freilich schon vorher geahnt hatte. Müssen wir uns immer wie Feiglinge in Diaspar verstecken und uns weismachen, daß sonst nichts existiert — weil die Eindringlinge uns vor einer halben Milliarde Jahren zur Erde zurückgetrieben haben?«

Er hatte den Finger an die Wunde ihrer geheimen Furcht gelegt, eine Furcht, die er nie geteilt hatte und deren Macht er darum auch nicht verstehen konnte. Sollten sie tun, was sie wollten: Er hatte die Wahrheit gesprochen.

Sein Zorn verlor sich so rasch wie er aufgewallt war, und er war wieder er selbst, und doch ein wenig besorgt über das, was er getan hatte. Mit einem letzten Aufbäumen seines Unabhängigkeitsgefühls wandte er sich an den Ratspräsidenten.

»Habe ich Ihre Erlaubnis, zu gehen?«

Kein Wort wurde gesprochen, aber die leichte Neigung des Kopfes gewährte ihm die Bitte. Die großen Türflügel öffneten sich vor ihm, und erst lange nachdem sie sich wieder geschlossen hatten, brach im Sitzungssaal der Sturm los.

Der Ratspräsident wartete, bis sich die erste Erregung gelegt hatte, dann wandte er sich zu Jeserac.

»Mir scheint«, sagte er, »daß wir zuerst Ihre Ansicht hören sollten.«

Jeserac untersuchte die Bemerkung nach möglichen Fallen. Dann erwiderte er:

»Ich glaube, daß Diaspar jetzt seinen hervorragendsten Kopf verliert.«

»Wie meinen Sie das?«

»Ist es nicht offensichtlich? Inzwischen wird der Junge die Hälfte des Weges zum Grabmal Yarlan Zeys zurückgelegt haben. Nein, wir sollten ihn nicht aufhalten. Ich werde es sehr bedauern, ihn zu verlieren, obwohl ihm nie sehr viel an mir gelegen war.« Er seufzte. »Was das angeht, lag ihm niemals sehr viel an irgendwem, außer an Alvin von Loronei.«

12

Das Schiff

Erst eine Stunde später gelang es Rorden, aus dem Sitzungssaal zu entkommen. Die Verzögerung war nervenaufreibend, und als er seine Wohnung erreichte, wußte er, daß es zu spät war. Er fragte sich, ob Alvin wenigstens eine Botschaft hinterlassen hatte, und zum erstenmal wurde ihm klar, wie leer die Jahre sein würden, die vor ihm lagen.

Die Botschaft war da, aber ihr Inhalt war eine Überraschung. Selbst als Rorden sie mehrere Male gelesen hatte, war er noch verblüfft:

»Kommen Sie sofort zum Turm von Loranne.«

Nur einmal war er im Turm von Loranne gewesen. Damals, als Alvin ihn dorthin geschleppt hatte, um den Sonnenuntergang zu sehen. Das war vor Jahren gewesen: ein unvergeßliches Erlebnis, doch hatten ihn die rasch über die Wüste ziehenden Schatten der hereinbrechenden Nacht so erschreckt, daß er geflohen war, verfolgt von Alvins dringendem Bitten. Er hatte geschworen, nie wieder dorthin zu gehen . . .

Doch nun war er wieder hier, in dieser öden Kammer mit den horizontalen Entlüftungsöffnungen. Von Alvin war nichts zu sehen, aber als er rief, antwortete der Junge sofort.

»Ich bin auf dem Sims — kommen Sie durch die mittlere Öffnung.«

Rorden zögerte; es gab vieles, was er lieber getan hätte. Aber ein paar Augenblicke später stand er neben Alvin, mit dem Rücken zur Stadt und vor sich das endlose Panorama der Wüste.

Sie sahen einander schweigend an, dann gab Alvin sich einen sichtbaren Ruck und sagte ziemlich zerknirscht:

»Ich hoffe, ich habe Sie nicht in Schwierigkeiten gebracht.«

Rorden war gerührt, und viele Wahrheiten, die auszusprechen er im Begriff war, blieben ungesagt. Statt dessen erwiderte er:

»Der Rat war zu sehr mit sich selbst beschäftigt, um sich dir zu widmen.« Er schmunzelte. »Jeserac hielt eine ganz feurige Verteidigungsrede, als ich ging. Ich fürchte, ich habe ihn falsch eingeschätzt.«

»Das mit Jeserac tut mir leid.«

»Vielleicht war es ein unfreundlicher Streich, den du dem alten Mann gespielt hast, aber ich denke, er fühlt sich in der Rolle deines Verteidigers recht wohl. Schließlich entbehrte deine Bemerkung nicht der Wahrheit. Er war der erste, der dir die alte Welt zeigte, und nun fühlt er sich für dein Tun mitverantwortlich.«

Alvin lächelte zum erstenmal.

»Es ist seltsam«, sagte er, »aber bis der Zorn in mir hochkam, verstand ich nie wirklich, was ich wollte. Ob es ihnen gefällt oder nicht, ich werde den Wall zwischen Diaspar und Lys niederreißen. Aber das kann warten: Es ist jetzt nicht mehr so wichtig.«

Rorden war beunruhigt.

»Was willst du damit sagen?« fragte er. Jetzt erst bemerkte er, daß nur einer der Roboter bei ihnen auf dem Sims war. »Wo ist die zweite Maschine?«

Alvin hob den Arm und zeigte über die Wüste hinaus zu den felsigen Hügeln am Horizont. Jenseits der langen Reihen von Sanddünen, die wie gefrorene Wellen heranbrandeten, konnte Rorden das unverkennbare Glänzen von Sonnenlicht auf Metall ausmachen.

»Wir haben auf Sie gewartet«, sagte Alvin. »Vom Sitzungssaal lief ich sofort zu den Robotern. Was auch geschehen mag, ich muß sichergehen, daß niemand sie mir wegnimmt, bevor ich alles gelernt habe, was sie mir sagen können. Inzwischen weiß ich das meiste, denn sie sind nicht sehr intelligent, und ihr Gedächtnis enthält weniger, als ich gehofft hatte. Aber ich habe das Geheimnis des Meisters erfahren.« Er hielt inne und zeigte wieder zu dem kaum sichtbaren Roboter hinaus. »Passen Sie auf!«

Der glänzende Punkt erhob sich über die Wüste und kam ungefähr dreihundert Meter über dem Boden zur Ruhe. Zuerst konnte Rorden, der nicht wußte, was er erwarten sollte, keine Veränderung sehen. Dann aber — er traute seinen Augen nicht — sah er eine Staubwolke, die sich langsam aus der Wüste erhob.

Nichts ist erschreckender als Bewegung, wo keine sein sollte, aber Rorden war jenseits von Überraschung und Furcht, als der Dünensand in Bewegung geriet. Unter der Wüste regte sich etwas wie ein erwachender Riese, und etwas später drang aus der Ferne dumpfes Poltern und ein Kreischen wie von Metall auf Stein an sein Ohr. Dann spritzte eine riesenhafte Sandfontäne hundert Meter in die Luft und verhüllte den Wüstenboden mit fahlen Sandvorhängen. Langsam sank die Fontäne in sich zusammen, und der Staub begann sich zu setzen. Aber Rorden und Alvin achteten nicht auf die Wunde im Wüstenboden; sie spähten mit zusammengekniffenen Augen unverwandt in den Himmel, wo vor einer kleinen Weile nur der wartende Roboter gewesen war. Was Alvin dachte, wußte Rorden nicht, aber er verstand endlich, was der Junge mit seiner Bemerkung, daß nichts anderes jetzt so wichtig sei, gemeint hatte. Die große Stadt hinter ihnen und die größere Wüste vor ihnen, die Ängstlichkeit des Rates und der Stolz der Bewohner von Lys — dies alles schien jetzt relativ belanglos zu sein.

Die anhaftende Schicht aus Erde und Sand konnte die eleganten Umrisse des Schiffes nicht verbergen, das aus der aufgerissenen Wüste emporstieg. Während sie es staunend beobachteten, drehte es langsam auf sie zu, bis seine Bahn einen Kreis gebildet hatte. Dann begann dieser Kreis sich auszuweiten.

Alvin fing an hastig zu sprechen, als ob die Zeit knapp würde.

»Ich weiß noch immer nicht, wer der Meister war oder warum er hierherkam. Der Roboter vermittelt den Eindruck, als sei er heimlich gelandet und habe sein Schiff da versteckt, wo er es leicht wieder finden konnte, sollte er es benötigen. Nirgends konnte es ein besseres Versteck geben als im Hafen von Diaspar, der jetzt unter dem Wüstensand liegt und der schon zu seiner Zeit völlig verlassen gewesen sein mußte. Vielleicht lebte er eine Zeitlang in Diaspar, bevor er nach Shalmirane zog; die Straße muß damals noch frei gewesen sein. Aber er benötigte das Schiff nie wieder, und über alle Zeiten hin hat es dort draußen unter dem Sand gewartet.«

Das Schiff war jetzt sehr nahe, vom kontrollierenden Roboter zum Sims gelenkt. Rorden sah, daß es ungefähr dreißig Meter lang und an beiden Enden zugespitzt war. Es schien keine Fenster oder sonstigen Öffnungen zu haben, obwohl die dicke, anhaftende Erdschicht alle Einzelheiten verbarg.

Plötzlich wurden sie mit Erde bespritzt, als ein Rumpfausschnitt sich nach außen öffnete, und Rorden blickte in einen kleinen, kahlen Raum mit einer zweiten Tür am anderen Ende. Das Schiff schwebte nun unmittelbar neben dem Sims, kaum einen Fußbreit entfernt, und es hatte die Annäherung zuletzt sehr behutsam vollzogen, wie ein feinfühliges Lebewesen. Rorden war an die Wand zurückgewichen, als ob er sich fürchtete, was der Wahrheit auch ziemlich nahe kam. Für ihn symbolisierte das Schiff allen Schrecken und alle Geheimnisse des Universums und rief wie kein anderer Gegenstand die tief verwurzelten Ängste wach, die seit so langer Zeit den Willen der menschlichen Rasse gelähmt hatten. Als er seinen Freund und Gönner ansah, verstand Alvin seine Gedanken, und jetzt erst verstand er wirklich, daß es in der Psyche der Menschen Kräfte gab, über die sie keine Herrschaft hatten, und daß der Rat eher Mitleid als Verachtung verdiente.

Völlig lautlos entfernte sich das Schiff vom Turm. Es war seltsam, dachte Rorden, daß er Alvin zum zweitenmal in seinem Leben auf Wiedersehen gesagt hatte. Die kleine, abgeschlossene Welt von Diaspar kannte nur ein Lebewohl, und das war für die Ewigkeit.

Das Schiff war nur noch ein dunkler Fleck am Himmel, und dann verlor Rorden es aus den Augen. Er sah seinen Aufstieg nicht mehr, aber bald darauf widerhallte vom Himmel das einschüchterndste aller Geräusche, die der Mensch je erzeugt hatte — der lang anhaltende Donner von Luft, die Meile um Meile in einen plötzlich durch den Himmel gebohrten Tunnel stürzt.

Auch als das letzte Echo in der Wüste verhallt war, rührte sich Rorden nicht von der Stelle. Er dachte an den Jungen, der fortgegangen war, und fragte sich, wie er es so oft getan hatte, ob er jemals diesen verschlossenen und verwirrenden Geist verstehen würde. Alvin würde niemals erwachsen werden: Für ihn war das ganze Universum ein Spielzeug, ein Rätsel, das zu seiner eigenen Unterhaltung zu lösen war. In seinem Spiel hatte er jetzt das letzte, tödliche Spielzeug gefunden, das zugrunde richten mochte, was von der menschlichen Zivilisation geblieben war. Aber wie es auch ausgehen mochte, für ihn würde es noch immer ein Spiel sein.

Die Sonne stand inzwischen tief am Horizont, und ein kalter Wind blies von der Wüste her. Dennoch wartete Rorden und bezwang seine Furcht. Bald darauf sah er zum erstenmal in seinem Leben die Sterne.

Selbst im Diaspar hatte Alvin jenen Luxus nicht gesehen, der vor ihm lag, als sich die innere Tür der Luftschleuse öffnete. Zuerst verstand er die Implikationen nicht; dann begann er sich, ziemlich unbehaglich, zu fragen, wie lange diese winzige Welt zwischen den Sternen auf der Reise sein würde. Es gab keine Steuerungsinstrumente, aber der große, ovale Schirm, der eine ganze Wand einnahm, zeigte, daß dies kein gewöhnlicher Raum war. Vor ihm waren im Halbkreis drei niedrige Sitze mit zurückgeklappten Lehnen angeordnet. Den Rest des Raumes nahmen zwei Tische, eine Anzahl einladender Stühle und zahlreiche, seltsame Vorrichtungen und Geräte ein, für die Alvin vorerst keine Erklärung hatte.

Als er es sich vor dem Schirm bequem gemacht hatte, hielt er Ausschau nach den Robotern. Zu seiner Überraschung waren sie verschwunden; aber nach einer Weile entdeckte er sie, ordentlich verstaut in passenden Nischen unter der gekrümmten Decke. Sie hatten diese Plätze so selbstverständlich eingenommen, daß Alvin sich denken konnte, für wen sie gedacht waren. Er erinnerte sich an die Meisterroboter — diese waren die Vermittler, ohne deren Interpretation ein menschlicher Verstand ohne Spezialausbildung keine so komplizierte Maschine wie ein Raumschiff beherrschen konnte. Sie hatten den Meister zur Erde gebracht und waren ihm dann als seine Diener nach Lys gefolgt. Jetzt waren sie bereit — als ob die Zeitalter dazwischen nicht gewesen wären —, ihre alten Pflichten wieder zu übernehmen.

Alvin gab ihnen versuchsweise einen Befehl, und der große Schirm erwachte zum Leben. Vor ihm war der Turm von Loranne, eigenartig verkürzt und scheinbar auf der Seite liegend. Weitere Versuche erbrachten Ausblicke auf den Himmel, die Stadt und weite Wüstenstrecken. Die Auflösung war beinahe unnatürlich klar und scharf, obwohl die Wiedergabe keine Vergrößerung zu sein schien. Alvin fragte sich, ob das Schiff sich bewegte, wenn das Bild wechselte, konnte es aber nicht feststellen. Als er eine Weile experimentiert hatte, wurde deutlich, daß er jede Ansicht erhalten konnte, die er wünschte; dann war er startbereit.

»Bring mich nach Lys.« Der Befehl war einfach, aber wie konnte das Schiff ihm gehorchen, wenn er selbst keine Ahnung von der Richtung hatte? Alwin hatte nie darüber nachgedacht, und als es ihm eingefallen war, flog die Maschine bereits mit enormer Geschwindigkeit über die Wüste. Er zuckte mit den Achseln und nahm dankbar an, was er nicht verstehen konnte.

Es war schwierig, den Maßstab des Bildes zu beurteilen, das über den Schirm raste, aber das Schiff mußte in jeder Minute viele Meilen zurücklegen. Nicht weit von der Stadt hatte sich die Farbe des Bodens zu einem stumpfen Grau geändert, und Alvin folgerte, daß er das ausgetrocknete Bett eines der verlorenen Ozeane überquerte. Früher einmal mußte Diaspar nahe an der Küste gewesen sein, wenn nicht sogar eine Hafenstadt, obwohl selbst in den ältesten Aufzeichnungen keine entsprechende Andeutung davon zu finden war. So alt die Stadt auch war, die Ozeane mußten lange vor ihrer geschichtlich faßbaren Zeit ausgetrocknet sein.

Hunderte von Meilen später stieg der Boden steil an, und die Wüste kehrte zurück. Einmal ließ Alvin sein Schiff über einem eigenartigen Muster einander kreuzender Linien halten, das sich schwach durch die Decke des Wüstensandes abzeichnete. Nach längerer Betrachtung begriff er, daß er auf die Ruinen einer vergessenen Stadt hinabblickte. Er hielt sich nicht lange auf: Die Vorstellung, daß Milliarden von Menschen keine andere Spur ihrer Existenz hinterlassen hatten als diese Umrisse von Grundmauern im Sand, war allzu deprimierend.

Endlich zeigte die glatte Krümmung des Horizonts Unebenheiten, runzelte sich zu Bergen, die, kaum erblickt, schon unter ihm waren. Die Maschine verlangsamte jetzt und ging in einem weiten Bogen tiefer. Und dann lag Lys unter ihm. Seine Wälder und Flüsse boten einen Anblick von so unvergleichlicher Schönheit, daß er für eine Weile anhalten wollte. Im Osten lag das Land in Abendschatten, und die Seen waren wie angelaufenes Silber darin eingebettet. Aber gegen Sonnenuntergang funkelte und blitzte das Licht auf den Wasserflächen und warf ein Farbenspiel zurück, das er auch nicht in seinen Träumen gesehen hatte.

Es war nicht schwierig, Airlee ausfindig zu machen — was ein Glücksfall war, weil die Roboter ihn nicht weiter führen konnten. Alvin hatte damit gerechnet und war in gewisser Weise froh, eine Grenze ihrer Möglichkeiten entdeckt zu haben. Nach einigem Experimentieren ließ er sein Schiff am Fuß jenes Hügels landen, der ihm seinen ersten Anblick auf Lys geschenkt hatte. Es war einfach, die Maschine zu lenken: Er brauchte einfach nur seine Wünsche anzugeben, und die Roboter nahmen sich der Einzelheiten an. Wahrscheinlich, so vermutete er, würden sie alle gefährlichen oder unausführbaren Befehle mißachten, aber er hatte nicht die Absicht, es darauf ankommen zu lassen.

Alvin war ziemlich sicher, daß niemand seine Ankunft gesehen hatte. Er hielt das für wichtig, weil er kein Verlangen danach hatte, sich auf einen weiteren geistigen Zweikampf mit Seranis einzulassen. Seine Pläne waren noch unbestimmt, und er scheute unnötige Risiken, solange er die freundlichen Beziehungen nicht wieder hergestellt hatte.

Die Entdeckung, daß der Originalroboter ihm nicht mehr gehorchen wollte, war ein beträchtlicher Schock. Als er ihm befahl, seine kleine Nische zu verlassen, blieb er bewegungslos an Ort und Stelle und beobachtete ihn gleichmütig mit seinen vielfachen Augenlinsen. Zu Alvins Erleichterung gehorchte ihm das Duplikat augenblicklich, aber keine Überredungskünste konnten das Original dazu bewegen, auch nur die einfachste Handlung auszuführen. Alvin sorgte sich eine Zeitlang, bis ihm eine Erklärung für die Meuterei einfiel. Bei all ihren großartigen Fähigkeiten waren die Roboter nicht sehr intelligent, und die Ereignisse der vergangenen Stunde mußten für die unglückliche Maschine zuviel gewesen sein. Hatte sie doch gesehen, wie alle Befehle ihres Meisters, einer nach dem anderen, widerrufen worden waren — dieselben Befehle, die sie viele Millionen Jahre lang getreulich befolgt hatte.

Es war jetzt zu spät für Reue, trotzdem bedauerte Alvin, daß er nur ein einziges Duplikat hatte machen lassen. Denn der geborgte Roboter war verrückt geworden.

Niemand begegnete ihm auf dem Weg nach Airlee. Es war seltsam, im Raumschiff zu sitzen, während sein Gesichtsfeld mühelos über den vertrauten Weg ging und das Rauschen der Wälder in seinen Ohren klang. Bis jetzt war er außerstande, sich ganz mit dem Roboter zu identifizieren, und die Anspannung, ihn zu beherrschen, war beträchtlich.

Der Abend dämmerte, als er Airlee erreichte, und aus den Türen und Fenstern der kleinen Häuser drang Lichtschein. Alvin hielt sich in den Schatten und gelangte beinahe bis zu Seranis' Haus, bevor er entdeckt wurde. Plötzlich ertönte ein zorniges, raschelndes Summen, und schwirrende Flügel behinderten seine Sicht. Er schrak zurück: Dann verstand er das Geschehen, Krif mißbilligte alles, was ohne Flügel flog, und nur Theons Gegenwart hatte ihn bei früheren Anlässen daran gehindert, den Roboter anzugreifen. Da er das schöne, aber einfältige Geschöpf nicht verletzen wollte, hielt Alvin den Roboter an und ertrug, so gut er konnte, die Rammstöße des zornigen Insekts, die wie Schläge von allen Seiten auf ihn herabzuregnen schienen. Obwohl er selbst meilenweit entfernt in Sicherheit saß, konnte er nicht umhin, zusammenzuzukken, und war froh, als Theon schließlich herauskam, um nach dem Rechten zu sehen.

13

Die Krise

Bei der Annäherung seines Herrn ließ Krif, noch immer zornig erregt, vom Roboter ab. Theon blieb stehen und starrte die Maschine eine Weile sprachlos an. Dann lächelte er.

»Ich bin froh, daß du zurückgekommen bist. Oder bist du noch in Diaspar?«

Nicht zum erstenmal verspürte Alvin eine neidvolle Regung, als er bemerkte, um wieviel schneller als sein eigener Theons Verstand arbeitete.

»Nein«, sagte er, ohne zu wissen, wie klar der Roboter seine Stimme wiedergab. »Ich bin in Airlee, nicht sehr weit entfernt. Aber ich bleibe einstweilen hier.«

Theon lachte.

»Das ist sicher nicht verkehrt«, sagte er. »Mutter hat dir vergeben, aber der Zentralrat nicht. Drinnen ist jetzt eine Konferenz; ich darf nicht stören.«

»Worüber wird verhandelt?«

»Ich soll es nicht wissen, aber sie stellten mir alle möglichen Fragen über dich. Ich mußte ihnen erzählen, was in Shalmirane geschehen ist.«

»Das ist nicht mehr so wichtig«, erwiderte Alvin. »Seither hat sich vieles andere ereignet. Ich würde gern ein Gespräch mit diesem Zentralrat führen.«

»Nun, der ganze Rat ist natürlich nicht hier. Aber drei seiner Mitglieder haben seit deiner Abreise Nachforschungen angestellt.«

Alvin lächelte. Er konnte sich das gut vorstellen. Wohin er in letzter Zeit auch ging, er schien eine Fährte von Bestürzung hinter sich zu lassen.

Die Bequemlichkeit und Sicherheit des Raumschiffes gaben ihm ein Selbstvertrauen, das er bis dahin selten gekannt hatte, und er fühlte sich vollständig Herr der Lage, als er den Roboter Theon ins Haus folgen ließ. Die Tür zum Konferenzraum war zugesperrt, und es dauerte einige Zeit, bis es Theon gelang, Aufmerksamkeit zu finden. Dann wurde ihm widerwillig geöffnet, und Alvin steuerte seinen Roboter rasch in den Raum.

Es war das Zimmer, in dem er sein letztes Gespräch mit Seranis geführt hatte. Oben blinzelten die Sterne, als gebe es weder Decke noch Obergeschoß, und Alvin wunderte sich ein weiteres Mal, wie die Illusion zustande kam. Die drei Ratsmitglieder erstarrten auf ihren Plätzen, als der Roboter hereingeschwebt kam, Seranis' Züge aber verrieten nur eine flüchtige Spur von Überraschung.

»Guten Abend«, sagte er höflich, als ob dieser stellvertretende Auftritt die natürlichste Sache der Welt sei. »Ich habe mich zur Rückkehr entschlossen.«

Die allgemeine Verblüffung übertraf seine Erwartungen. Einer der Räte, ein noch jüngerer Mann mit ergrauendem Haar, erholte sich als erster.

»Wie bist du hierhergekommen?«

Alvin hielt es für richtig, der Frage auszuweichen; die Art und Weise, wie sie gestellt worden war, machte ihn mißtrauisch, und er überlegte, ob das unterirdische Transportsystem lahmgelegt worden sei.

»Wieso? Genauso wie letztes Mal«, log er.

Zwei der Räte starrten den dritten an, der in einer Gebärde verblüffter Resignation die Hände ausbreitete. Dann sprach wieder der jüngere Mann, der das Wort an ihn gerichtet hatte.

»Hattest du keine — Schwierigkeiten?«

»Überhaupt keine«, sagte Alvin, entschlossen, ihre

Verwirrung zu mehren. Er sah, daß es ihm gelungen war.

»Ich bin aus freien Stücken zurückgekommen«, sagte er, »aber angesichts unserer früheren Meinungsverschiedenheit bleibe ich einstweilen außer Sicht. Ich werde dann persönlich erscheinen, wenn Sie versprechen, daß Sie meine Bewegungsfreiheit nicht wieder einzuschränken versuchen.«

Niemand sagte etwas, und Alvin versuchte sich vorzustellen, welche Gedanken hin und her gingen. Dann sprach Seranis für sie alle.

»Ich denke, das hätte wenig Sinn. Diaspar muß inzwischen alles über uns wissen.«

Alvin errötete ein wenig über den Vorwurf in ihrer Stimme.

»Ja, Diaspar weiß Bescheid«, erwiderte er. »Und Diaspar will mit Ihnen nichts zu tun haben. Es wünscht keine Verseuchung durch eine geringere Kultur.«

Es war äußerst befriedigend, die Reaktionen der Ratsmitglieder zu beobachten, und sogar Seranis errötete ein wenig bei seinen Worten. Wenn es ihm gelänge, Lys und Diaspar hinreichend gegeneinander aufzubringen, wäre sein Problem mehr als halb gelöst. Er lernte, noch unbewußt, die verlorengegangene Kunst der Politik.

»Aber ich möchte nicht die ganze Nacht hier draußen bleiben«, fuhr er fort. »Habe ich Ihr Versprechen?«

Seranis seufzte, und ein schwaches Lächeln spielte um ihre Lippen.

»Ja«, sagte sie. »Wir werden nicht wieder versuchen, dich zu beherrschen. Obwohl ich nicht den Eindruck hatte, daß wir damit sehr erfolgreich waren.«

Alvin wartete, bis der Roboter zurückgekehrt war. Mit aller Sorgfalt gab er der Maschine seine Instruktionen und ließ sie wiederholen. Dann verließ er das Schiff, und die Luftschleuse schloß sich lautlos hinter ihm.

Er hörte ein leises Flüstern in der Luft, aber kein anderes Geräusch. Einen flüchtigen Augenblick lang glitt ein dunkler Schatten über ihn hin und verdeckte die Sterne. Dann war das Schiff fort. Erst als es verschwunden war, bemerkte Alvin seine Fehlkalkulation. Er hatte vergessen, daß die Sinne des Roboters anders als seine eigenen waren, und die Nacht erwies sich als unerwartet finster. Mehr als einmal verlor er den Weg, und wiederholt tappte er in Sträucher und stieß gegen Baumstämme. Im Wald war es absolut schwarz, und dann kam etwas Großes durch das Unterholz auf ihn zu. Er vernahm nur ein leises Knacken von Zweigen, dann blickten ihn zwei smaragdgrüne Augen unverwandt aus Hüfthöhe an. Er rief leise, und eine unglaublich lange Zunge kratzte über seine Hand. Einen Augenblick später rieb sich ein mächtiger Körper zärtlich an ihm und verschwand ohne ein Geräusch im Wald. Er hatte keine Ahnung, was es gewesen war.

Schließlich blinkten die Lichter des Dorfes durch die Bäume, aber er brauchte ihre Führung nicht mehr, denn der Boden unter seinen Füßen war inzwischen zu einem Teppich aus mattem blauem Feuer geworden. Das Moos, auf dem er ging, leuchtete fluoreszierend, und seine Fußabdrücke blieben als dunkle Flecken darin zurück, die langsam wieder zu leuchten begannen. Es war ein schöner, bezaubernder Anblick, und als Alvin sich bückte, um etwas von dem seltsamen Moos zu pflücken, glomm es minutenlang in seiner hohlen Hand, ehe sein Leuchten erlosch.

Theon erwartete ihn vor dem Haus; und zum zweitenmal wurde er den drei Ratsmitgliedern vorgestellt. Mit einigem Verdruß bemerkte er, daß sie ihn wie einen altklugen und vorlauten Jungen musterten, mit dem sie sich nur der ungünstigen Umstände wegen auseinandersetzen mußten. Alvin seinerseits hätte gern auf die unfairen Vorteile verzichtet, die seine Jugend ihm bisweisen verschaffte; er mochte nicht an sie erinnert werden.

Sie sagten wenig, während er sich erfrischte, und Alvin hatte Zeit, sich zu fragen, welche telepathischen Bemerkungen ausgetauscht wurden. Er bemühte sich, seinen Kopf so weit wie möglich von Gedanken freizuhalten, bis er fertig war; dann begann er zu reden, wie er noch nie geredet hatte.

Sein Thema war Diaspar. Er schilderte die Stadt, wie er sie zuletzt gesehen hatte, träumend am Rand der Wüste, die Türme wie gefangene Regenbogen unter dem Himmel. Aus dem Schatzhaus der Erinnerung rief er sich die Gedichte der Poeten alter Zeiten ins Gedächtnis, die zum Lobe Diaspars verfaßt worden waren, und er sprach von den ungezählten Männern, die ihre Lebenskraft daran gewendet hatten, die Schönheit der Stadt zu mehren. Ihre heutigen Bewohner, sagte er, könnten nicht einmal ein Hundertstel der Schätze der Stadt erschöpfen, wie lange sie auch leben mochten. Er schilderte einige der Wunderdinge, die in Diaspar geschaffen worden waren, versuchte ihnen einen schwachen Eindruck von den Schönheiten zu vermitteln, die Künstler wie Shervane und Perlidor geschaffen hatten und die für allezeit die Bewunderung der Menschheit verdienten. Er sprach auch von Loronei, dessen Namen er trug, und überlegte flüchtig, ob es wahr sein konnte, daß seine Musik das letzte gewesen war, was die Erde zu den Sternen gesendet hatte.

Sie hörten seine Rede an, ohne sie zu unterbrechen und Fragen zu stellen. Als er geendet hatte, war es sehr spät, und er fühlte sich müde — so müde wie er noch nie gewesen war. Die Anspannung und Aufregung des langen Tages forderte endlich ihren Tribut, und ganz plötzlich fielen ihm die Augen zu.

Alvin war noch müde, als sie kurz nach Tagesanbruch das Dorf verließen. Trotz der frühen Stunde waren sie nicht die ersten unterwegs. Am See überholten sie die drei Ratsmitglieder, und beide Parteien tauschten etwas verlegene Begrüßungen aus. Alvin glaubte zu wissen, wohin der Untersuchungsausschuß ging, und er wollte ihnen die Mühe ersparen.

»Ich fürchte, ich habe Sie gestern abend irregeführt«, sagte er heiter. »Ich bin nicht auf der alten Route nach Lys gekommen, also war Ihr Bemühen, sie zu schließen, wirklich nicht notwendig.«

Die Räte schienen erleichtert, aber auch verwundert.

»Wie bist du dann hierher gekommen?« fragte der Leiter des Ausschusses. »Mit diesem fliegenden Roboter?« Alvin sah, daß der Mann nicht weit von der Wahrheit entfernt war. Vielleicht hatte er den Befehl aufgefangen, den sein Geist eben zu den Bergen ausgesandt hatte. Aber er sagte nichts und zeigte nur zum nördlichen Himmel.

Zuerst war nichts zu sehen, aber dann zog eine Nadel silbernen Lichtes in weitem Bogen über die Berge, einen meilenlangen Kondensstreifen nach sich ziehend. Hoch über Lys kam sie zum Stillstand. Es gab kein Verlangsamen, kein langsames Abbremsen der enormen Geschwindigkeit. Die blitzende Nadel kam plötzlich zum Stillstand, so daß der Blick, der ihr gefolgt war, noch ein gutes Stück über den Himmel schweifte, bevor das Gehirn seine Bewegung anhalten konnte. Ein gewaltiger Donnerschlag rollte durch den Himmel, das Geräusch der vom gewaltsamen Durchgang des Schiffes verdrängten und gebeutelten Luft. Kurz darauf ging das Schiff nieder, prächtig schimmernd im Sonnenlicht, und setzte hundert Schritte von ihnen auf.

Es war schwer zu sagen, wer am meisten überrascht war, aber Alvin erholte sich als erster. Während sie — fast im Laufschritt — zum Raumschiff gingen, überlegte Alvin, ob es immer auf diese abrupte Art reise. Der Gedanke war beunruhigend. Auf seiner ersten Reise allerdings hatte er kein Gefühl von Beschleunigung oder Verlangsamung wahrgenommen. Noch erstaunlicher fand er den Umstand, daß dieses schimmernde Wunderding noch gestern unter einer dicken Schicht von Sand und steinharter Erde verborgen war. Erst als er das Schiff erreicht und sich durch eine unvorsichtige Berührung des Rumpfes die Finger verbrannt hatte, verstand er, was geschehen war. Am Heck hafteten noch Spuren festgebackener Erde, die zu Lava geschmolzen war. Alles andere war durch die Reibungshitze abgestreift worden und gab das zähe und widerstandsfähige Metall frei, dem weder die Zeit noch die Kräfte der Natur etwas hatten anhaben können.

Zusammen mit Theon stand Alvin in der offenen Tür und blickte hinab zu den drei schweigenden Ratsmitgliedern, deren Mienen keine Andeutung ihrer Gedanken gaben.

»Ich habe in Shalmirane eine Schuld zu begleichen«, sagte er. »Bitte sagen Sie Seranis, daß wir um die Mittagszeit zurück sein werden.«

Die Räte beobachteten das Schiff, bis es langsam — weil es nur ein kurzes Stück vor sich hatte — im Süden außer Sicht gekommen war. Dann zuckte der jüngere Mann mit den frühzeitig ergrauten Haaren mit den Schultern und wandte sich an seine Begleiter. »Sie haben sich immer gegen unseren Wunsch nach Veränderung gestellt«, sagte er, »und bisher haben sie gewonnen. Aber ich glaube, die Zukunft liegt jetzt bei keiner unserer Parteien. Lys und Diaspar haben beide das Ende eines Zeitalters erreicht, und wir müssen das Beste daraus machen.«

Es blieb eine Weile still. Dann sagte einer seiner Gefährten in sehr nachdenklichem Ton:

»Ich verstehe nichts von Archäologie, aber sicherlich war diese Maschine zu groß, um ein gewöhnliches Flugzeug zu sein. Halten Sie es für möglich, daß es —«

»Ein Raumschiff ist? Wenn es sich so verhält, dann haben wir es mit einer Krise zu tun!«

Auch der dritte Mann hatte tief nachgedacht.

»Das Verschwinden sowohl der Flugzeuge wie auch der Raumschiffe ist eines der größten Geheimnisse des Interregnums. Diese Maschine kann beides sein: Einstweilen tun wir gut daran, das Schlimmste anzunehmen. Wenn es tatsächlich ein Raumschiff ist, dann müssen wir diesen Jungen um jeden Preis daran hindern, die Erde zu verlassen. Es besteht die Gefahr, daß er die Eindringlinge wieder auf uns zieht. Das wäre das Ende.«

Die Gruppe verharrte in düsterem Schweigen, bis der erste wieder das Wort nahm.

»Diese Maschine kam aus Diaspar«, sagte er. »Jemand dort muß die Wahrheit wissen. Ich meine, wir sollten Verbindung mit unseren Vettern aufnehmen — wenn sie geruhen, zu uns zu sprechen.«

Früher, als er erwarten durfte, begann die Saat, die Alvin ausgesät hatte, Früchte zu tragen.

Die Täler lagen noch in Schatten, als sie Shalmirane erreichten. Aus ihrer großen Höhe sah die gigantische Schale der Festung sehr klein aus; es schien unmöglich, daß das Schicksal der Erde einst von dieser winzigen, schwarzen Scheibe abhängig gewesen sein sollte.

Als Alvin mit dem Schiff auf einer freien Fläche zwischen den Ruinen landete und die Luftschleuse öffnete, drang die Verlassenheit auf ihn ein und machte ihn frösteln. Von dem alten Mann und seinen Maschinen war nichts zu sehen, und sie hatten einige Mühe, den Zugang zu seiner unterirdischen Behausung zu finden. Alvin rief hinein, um ihre Ankunft anzukündigen, aber er blieb ohne Antwort, und sie traten, für den Fall, daß er noch schlafe, behutsam ein.

Und er schlief, die Hände friedlich auf der Brust gefaltet. Seine Augen waren offen und starrten blind zum massiven Felsdach auf, als könnten sie ins Jenseits sehen. Sein Gesicht war ruhig und entspannt, ein leises Lächeln schien auf seinen Lippen zu liegen. Der Tod war nicht als ein Feind zu ihm gekommen.

14

Aus dem Sonnensystem

Die beiden Roboter waren neben ihm, schwebten bewegungslos in der Luft. Als Alvin versuchte, sich dem Toten zu nähern, streckten sie die Greifarme aus, um ihn zurückzuhalten. Es gab nichts, was er tun konnte: Als er in diesem stillen Raum stand, fühlte er einen eisigen Wind durch sein Herz gehen. Es war das erste Mal, daß er in das marmorne Gesicht des Todes sah, und er begriff, daß etwas von seiner Kindheit für immer von ihm gegangen war.

Dies also war das Ende jener seltsamen Bruderschaft, und dieser Alte vielleicht der Letzte seiner Art auf Erden. Mochten sie auch irregeleitet gewesen sein, so hatten diese Männer ihr Leben doch nicht ganz vergeudet. Wie durch ein Wunder hatten sie aus ferner Vergangenheit Wissen überliefert, das andernfalls verlorengegangen wäre. Nun konnte ihr Orden den Weg Tausender anderer Glaubensgemeinschaften gehen, die einst geglaubt hatten, ewig zu bestehen.

Sie ließen ihn in seiner Gruft zwischen den Bergen schlafen, wo kein Mensch ihn bis zum Ende der Zeit stören würde. Die Maschinen, die ihm im Leben gedient hatten und die ihn niemals verlassen würden, bewachten seinen Leichnam. Eingestimmt auf seinen Geist, würden sie hier auf die Befehle warten, die niemals kommen konnten, bis die Berge abgetragen und nichts mehr sein würde. Das kleine vierbeinige Tier, das dem Menschen einst mit der gleichen treuen Hingabe gedient hatte, war seit so langer Zeit ausgestorben, daß keiner der Jungen von ihm gehört hatte.

Schweigend gingen sie zurück zum wartenden Schiff, und bald war die Festung wieder ein dunkler See zwischen den Bergen. Aber diesmal tat Alvin nichts, die Maschine aufzuhalten: Sie stiegen empor, bis ganz Lys ausgebreitet unter ihnen lag, eine große grüne Insel im graugelben Meer der Wüste. Noch nie war Alvin so hoch gewesen. Als sie schließlich zum Stillstand kamen, war unter ihnen die ganze Krümmung der Erdoberfläche sichtbar. Lys war nun sehr klein, nur ein dunkler Schatten im Grau und Gelb der Wüste — aber anderswo, weit um die Krümmung des Erdballes, glitzerte etwas wie ein vielfarbiges Juwel. Und so bekam Theon zum erstenmal die Stadt Diaspar zu Gesicht.

Lange saßen sie und sahen zu, wie die Erde sich unter ihnen drehte. Von allen alten Kräften des Menschen war dies sicherlich diejenige, die zu verlieren er sich am wenigsten leisten konnte. Alvin wünschte, er könnte den Herrschern von Lys und Diaspar die Welt zeigen, wie er sie jetzt sah.

»Theon«, sagte er dann, »glaubst du, daß richtig ist, was ich tue?«

Die Frage überraschte Theon, der bis dahin noch nichts von den jähen Zweifeln wußte, die seinen Freund bisweilen überwältigten. Noch war es einfach, leidenschaftslos zu antworten, aber wie Rorden vor ihm spürte Theon, daß er hilflos in den Strudel gezogen wurde, den Alvin auf seinem Weg durch das Leben hinter sich ließ.

»Ich glaube, daß du recht hast«, antwortete Theon zögernd. »Unsere beiden Völker sind lange genug getrennt gewesen.« Das, dachte er, war die Wahrheit, obwohl er wußte, daß seine eigenen Gefühle die Antwort voreingenommen machten. Aber Alvin war noch immer besorgt.

»Es gibt ein Problem, über das ich bis jetzt nicht nachgedacht habe«, fuhr er unruhig fort, »und das ist der Unterschied in unseren Lebensspannen.« Er sagte nicht mehr, aber beide wußten, was der andere dachte.

»Ich habe mir darüber oft Gedanken gemacht«, gab Theon zu, »aber ich denke, das Problem wird sich selbst lösen, wenn unsere Völker einander wieder kennenlernen. Wir können nicht beide recht haben — unser Leben mag zu kurz sein, und euer Leben ist sicherlich zu lang. Mit der Zeit wird es einen Kompromiß geben.«

Es stimmte, daß auf diesem Weg die einzige Hoffnung lag, aber das Zeitalter des Übergangs würde schwierig sein. Wieder erinnerte sich Alvin der Worte, die Seranis ohne Bitterkeit und sogar aus einem Gefühl der Überlegenheit heraus gesagt hatte: »Wir werden beide längst tot sein, wenn du noch immer ein Junge bist.« Einverstanden, sagte er sich. Er wollte die Bedingungen akzeptieren. Selbst im Diaspar lagen Freundschaften unter diesen Schatten: Ob es nun hundert oder tausend Jahre waren, es machte am Ende keinen großen Unterschied. Wohlfahrt und Lebensfähigkeit der Rasse verlangten die Vermischung der beiden Kulturen; vor dieser Notwendigkeit und dem Wohl der Gemeinschaft war individuelles Glück unwichtig und mußte in den Hintergrund treten. In diesem Augenblick sah Alvin die Menschheit als etwas Größeres an als nur den lebendigen Hintergrund seines eigenen Lebens, und er akzeptierte ohne Wimpernzucken das Unglücklichsein, das seine Wahl eines Tages bringen mußte. Sie sprachen nie mehr davon.

Unter ihnen fuhr die Welt in ihrer endlosen Drehung fort. Theon spürte die Stimmung seines Freundes und sagte nichts, bis Alvin nach längerem Schweigen wieder das Wort nahm.

»Als ich Diaspar zum erstenmal verließ, wußte ich nicht, was ich finden würde, was zu finden ich hoffte. Lys hätte mich einst zufriedengestellt — aber jetzt scheint alles auf Erden so klein und unwichtig. Jede Entdeckung, die ich gemacht habe, hat weitere Fragen aufgeworfen, und nun werde ich nie zufrieden sein, bis ich weiß, wer der Meister war und woher und warum er zur Erde kam. Und wenn ich das jemals in Erfahrung bringen kann, dann werde ich wahrscheinlich anfangen, mir Gedanken über die Großen und die Eindringlinge zu machen — und so wird es weitergehen.«

Theon hatte seinen Freund nie in einer so nachdenklichen Stimmung gesehen und wollte seinen Monolog nicht unterbrechen. Er hatte in diesen letzten Minuten viel über ihn gelernt.

»Der Roboter sagte mir«, fuhr Alvin fort, »daß diese Maschine die Sieben Sonnen in weniger als einem halben Tag erreichen kann. Meinst du, daß ich dort hingehen sollte?«

»Glaubst du, ich könnte dich daran hindern?« erwiderte Theon.

Alvin lächelte.

»Das ist keine Antwort«, sagte er, »selbst wenn es wahr ist. Wir wissen nicht, was draußen im Raum ist. Die Eindringlinge mögen das Universum verlassen haben, aber es könnte andere Intelligenzen geben, die dem Menschen feindlich gesinnt sind.«

»Warum sollte es so sein?« fragte Theon. »Das ist eine der Fragen, mit denen unsere Philosophen sich seit Ewigkeiten beschäftigen. Eine wirklich intelligente Rasse wird nicht grundsätzlich feindselig sein.«

»Aber die Eindringlinge —?«

Theon zeigte hinunter zu den grenzenlosen Wüsten.

»Früher einmal hatten wir ein Reich. Was haben wir jetzt, das sie begehren könnten?«

Alvin war von diesem neuen Gesichtspunkt etwas überrascht.

»Denken eure Leute alle so?«

»Nur eine Minderheit. Der Durchschnittsmensch sorgt sich nicht darum, würde aber wahrscheinlich sagen, daß die Eindringlinge die Welt längst zerstört hätten, wenn sie es wirklich wollten. Nur ein paar Leute, wie Mutter, fürchten sich noch vor ihnen.«

»In Diaspar ist es ganz anders«, sagte Alvin. »Meine Leute sind große Feiglinge. Aber es ist schade, daß deine Mutter . . . Glaubst du, sie würde dich daran hindern, mit mir zu kommen?«

»Ganz gewiß«, versetzte Theon mit Nachdruck. Daß Alvin seine eigene Zustimmung als gegeben angesehen hatte, bemerkte er kaum.

Alvin überlegte einen Augenblick.

»Inzwischen wird sie von diesem Schiff gehört haben und wissen, was ich vorhabe. Wir dürfen nicht nach Airlee zurückkehren.«

»Nein, das wäre nicht sicher. Aber ich habe einen besseren Plan.«

Das kleine Dorf, an dessen Rand sie landeten, war nur ein Dutzend Meilen von Airlee entfernt, aber Alvin war erstaunt, wie stark es sich in der Bauweise der Häuser und ihrer Anlage unterschied. Die Häuser hatten mehrere Geschosse und waren eng zusammen am Ufer eines Sees erbaut. Eine große Zahl von kleinen, farbenfroh gestrichenen Booten ankerte entlang dem Ufer; sie faszinierten Alvin, der nie von solchen Dingen gehört hatte, und sich fragte, welchem Zweck sie dienten.

Er wartete im Schiff, während Theon seine Freunde aufsuchte. Es war erheiternd, die Verblüffung der Leute zu beobachten, die es umdrängten, ohne zu wissen, daß er sie aus dem Inneren der Maschine beobachtete. Theon blieb nur wenige Minuten aus und hatte einige Mühe, sich durch die Menge der Neugierigen zur Luftschleuse durchzuarbeiten. Er atmete erleichtert auf, als die Tür sich hinter ihm schloß.

»Mutter wird die Nachricht in zwei bis drei Minuten erhalten. Ich habe nicht gesagt, wohin wir gehen, aber sie wird es erraten. Und ich habe eine Neuigkeit, die dich interessieren wird.«

»Was ist es?«

»Der Zentralrat wird Gespräche mit Diaspar führen.«

»Was?«

»Es ist wahr, obwohl die offizielle Verlautbarung noch nicht erfolgt ist. Solche Ereignisse lassen sich nicht geheimhalten.«

Alvin sah das ein; er hatte immer den Eindruck gehabt, daß sich in Lys nichts geheimhalten ließ.

»Worüber soll gesprochen werden?«

»Wahrscheinlich über Mittel und Wege, uns an der Abreise zu hindern. Deshalb kam ich so schnell zurück.«

Alvin lächelte ein wenig kläglich.

»Du meinst also, die Furcht habe vielleicht bewirkt, was Logik und Überredung nicht erreichten?«

»Sehr wahrscheinlich, obwohl du die Ratsmitglieder gestern abend beeindruckt hast. Sie diskutierten noch lange, nachdem du eingeschlafen warst.«

Was immer der Grund dieser Veränderung war, Alvin freute sich darüber. Diaspar und Lys hatten beide langsam reagiert, aber die Ereignisse strebten nun rasch ihrem Höhepunkt zu. Daß der Höhepunkt unangenehme Konsequenzen für ihn haben konnte, machte Alvin nicht viel aus.

Sie waren in große Höhe aufgestiegen, als er dem Roboter seine letzten Anweisungen gab. Das Schiff war beinahe zum Stillstand gekommen, und die Erde lag vielleicht tausend Meilen unter ihnen und füllte beinahe den gesamten Himmel aus. Sie erschien wenig einladend: Alvin überlegte, wie viele Schiffe in der Vergangenheit eine Weile hier geschwebt haben mochten, um dann ihre Reise fortzusetzen.

Es gab einen längeren Aufenthalt, so als ob der Roboter Anlagen und Systeme überprüfe, die seit geologischen Zeitaltern nicht mehr gebraucht worden waren. Dann kam ein sehr leises Geräusch, das erste, das Alvin von der Maschine gehört hatte. Es war ein feines Summen, das rasch durch die Oktaven anstieg, bis es sich am Rande der Hörbarkeit verlor. Er gewahrte keine Veränderung oder Bewegung, aber plötzlich bemerkte er, daß die Sterne über den Schirm zogen. Die Erde erschien wieder und drehte sich vorbei, und dann noch einmal, in einer etwas anderen Position. Das Schiff schien sich suchend hierhin und dorthin zu wenden wie ein Tier, das Witterung aufnimmt, oder eine Kompaßnadel, die sich nach Norden orientiert. Minutenlang zogen die Sterne bald in dieser, bald in der entgegengesetzten Richtung an ihnen vorüber, bis das Schiff endlich zur Ruhe kam, ein riesenhaftes Geschoß, das ins Universum zielte.

In der Mitte des Schirmes lag der große Ring der Sieben Sonnen in der Schönheit seiner Regenbogentöne. Ein Stück Erdkrümmung war noch immer sichtbar, dunkel und gesäumt vom Gold und Karmesinrot des Sonnenuntergangs. Alvin wußte, daß jetzt etwas geschehen würde, was außerhalb seiner Erfahrung lag.

Er wartete, umklammerte mit beiden Händen die Kanten seines Sitzes, während die Sekunden vergingen und die Sieben Sonnen auf dem Schirm glitzerten.

Es gab kein Geräusch, nur einen jähen Ruck, der die Sicht verschwimmen ließ — aber die Erde war verschwunden, als ob die Hand eines Riesen sie hinweggefegt hätte. Sie waren allein im Raum, allein mit den entfernten Sternen und einer seltsam geschrumpften Sonne. Die Erde war verschwunden, als ob sie nie gewesen wäre.

Wieder kam dieser reißende Ruck, diesmal begleitet von einem leise murmelnden Geräusch, als übten die Generatoren zum erstenmal einen Bruchteil ihrer Antriebskraft aus. Einen Augenblick schien es, als sei nichts geschehen; doch dann bemerkte Alvin, daß die Sonne verschwunden war und die Sterne langsam am Schiff vorbeikrochen. Er blickte zurück und sah nichts. Der gesamte Himmel hinter ihnen war verschwunden, ausgelöscht von Schwärze. Während er diese Schwärze beobachtete, sah er die zurückbleibenden Sterne in sie eingehen und verschwinden wie Funken, die in ein dunkles Wasser fallen. Das Schiff hatte die Lichtgeschwindigkeit längst überschritten, und Alvin wußte, daß der vertraute Raum von Erde und Sonne weit hinter ihm zurückgeblieben war.

Als dieser plötzliche, schwindelerregende Ruck sich zum drittenmal wiederholte, setzte beinahe sein Herzschlag aus. Die eigentümliche Verschwommenheit der Sicht war jetzt unverkennbar; kurze Zeit schien seine Umgebung bis zur Unkenntlichkeit verzerrt. Diese Phänomen wurde ihm in einer Art Erleuchtung klar, die er nicht erklären konnte. Alles war wirklich, es war keine Sinnestäuschung. Als das Schiff die dünne Membran der Gegenwart durchstieß, fing er ein unklares Bild der Veränderungen auf, die im Raum um ihn stattfanden.

Im selben Augenblick verstärkte sich das Murmeln der Generatoren zu einem Brüllen, welches das Schiff erschütterte — es war der erste Protestschrei einer Maschine, den Alvin gehört hatte. Dann war es vorbei, und die plötzliche Stille dröhnte in seinen Ohren. Die großen Generatoren hatten ihre Arbeit getan: Sie wurden erst am Ende der Reise wieder benötigt. Die Sterne flammten bläulichweiß auf und verschwanden im Ultraviolett. Durch eine Magie der Wissenschaft oder der Natur waren die Sieben Sonnen nach wie vor sichtbar, aber ihre Positionen und Tönungen schienen in subtiler Weise verändert. Das Schiff jagte durch einen schwarzen Tunnel jenseits der Grenzen von Raum und Zeit auf sie zu, mit einer Geschwindigkeit, die sich menschlicher Vorstellung entzog.

Es war schwierig zu glauben, daß sie jetzt, kurz nach dem Verlassen des Sonnensystems, eine Geschwindigkeit erreicht hatten, die sie bald durch den Kern der Galaxis und in die größere Leere jenseits der Welteninsel führen würde, wenn es keine Möglichkeit zur Verlangsamung gab. Weder Alvin noch Theon konnten die wirkliche Dimension ihrer Reise erfassen: Die großen Legenden der Forschungsreisen hatten die menschliche Betrachtungsweise des Universums völlig verändert, und noch jetzt, Millionen von Jahrhunderten später, waren die alten Überlieferungen nicht völlig abhanden gekommen. Es hatte einmal ein Schiff gegeben, flüsterte die Legende, das den Kosmos zwischen dem Aufgang und dem Untergang der Sonne umrundet hatte. Die ungezählten Lichtjahre zwischen den Sternen bedeuteten vor solchen Geschwindigkeiten nichts. Für Alvin war diese Reise nicht sehr viel weiter und vielleicht nicht so gefährlich wie seine erste Reise nach Lys.

Theon war es, der ihre Gedanken aussprach, als die Sieben Sonnen allmählich heller wurden.

»Alvin«, meinte er, »diese Formation kann eigentlich nicht natürlich sein.«

Der andere nickte.

»Ich denke das seit Jahren, aber die Vorstellung scheint noch immer phantastisch.«

»Sicherlich kann das System nicht von Menschen angeordnet worden sein«, stimmte ihm Theon zu. »Aber eine Intelligenz muß es geschaffen haben. Die Natur hätte niemals diesen vollkommenen Kreis von Sternen gebildet, einen für jede Primärfarbe, und alle gleich hell. Und im ganzen, sichtbaren Universum gibt es nichts wie die Zentralsonne.«

»Warum sollte so etwas gemacht worden sein?«

»Ach, ich kann mir viele Gründe dafür vorstellen. Vielleicht ist es ein Signal für jedes fremde Schiff, das in diesen Teil der Galaxis kommt. Eine Orientierung vielleicht, damit es weiß, wo es nach Leben zu suchen hat. Vielleicht markiert dieses System das Zentrum einer galaktischen Verwaltung. Oder vielleicht — und irgendwie habe ich das Gefühl, daß dies die richtige Erklärung ist — handelt es sich einfach um das größte aller Kunstwerke. Aber es ist töricht, zu spekulieren. Bald werden wir die Wahrheit wissen.«

15

Vanamonde

So warteten sie und hingen ihren Träumen nach, während die Sieben Sonnen Stunde um Stunde weiter auseinandertrieben, bis sie den seltsamen Tunnel aus Nacht ausgefüllt hatten, durch den das Schiff zu ihnen kam. Dann verschwanden die sechs äußeren Sterne, einer nach dem anderen, am Rand der Dunkelheit, und zuletzt blieb nur das Zentralgestirn übrig. Es strahlte noch immer mit dem perligen Licht, das es unter allen anderen Sternen auszeichnete. Von Minute zu Minute nahm seine Brillanz zu, bis es kein Punkt mehr war, sondern eine winzige Scheibe, die sich vor ihnen auszudehnen begann —

Es kam eine kurze Warnung, ein tiefer, glockenähnlicher Klang vibrierte durch den Raum. Alvin umklammerte die Armlehnen seines Liegesessels, auch wenn es eine vergebliche Geste war.

Wieder erwachten die großen Generatoren explosionsartig zum Leben, und blendend erschienen die Sterne wieder. Das Schiff war in die Raumzeit zurückgekehrt, in das Universum der Sonnen und Planeten, in die natürliche Welt, in der nichts schneller sein konnte als das Licht.

Sie befanden sich bereits innerhalb des Systems der Sieben Sonnen, denn der gewaltige Ring dieser Himmelskörper beherrschte jetzt das Bild. Und welch ein Anblick! Alle Sterne, die sie gekannt hatten, alle vertrauten Sternbilder waren verschwunden. Die Milchstraße war kein nebulöses, unregelmäßiges Band mehr, das sich über den Nachthimmel zog: Sie waren im

Herzen der Schöpfung, und ihr großer Kreis teilte das Universum in zwei Hälften.

Das Schiff bewegte sich noch immer sehr schnell auf das Zentralgestirn zu, und die sechs übrigen Sterne des Systems waren wie Leuchtfeuer, die ringsum angeordnet waren. Nicht weit vom nächsten dieser Sterne waren die winzigen Lichtfunken kreisender Planeten zu sehen, Welten, die von enormer Größe sein mußten, weil sie aus solcher Entfernung sichtbar waren. Es war ein großartigerer Anblick als alles, was die Natur je geschaffen hatte, und Alvin begriff, daß Theon recht hatte. Diese wunderbare Symmetrie war eine vorsätzliche Herausforderung der sonst so willkürlich verstreuten Sterne.

Die Ursache des perligen Lichtes der zentralen Sonne war nun deutlich sichtbar. Der Riesenstern, sicherlich einer der hellsten im ganzen Universum, war eingehüllt in eine Gaswolke, die seine Strahlung dämpfte und ihm die charakteristische Farbe verlieh. Diese ihn umgebende, von innen heraus leuchtende Gaswolke war durch die kosmischen Kräfte des Magnetfeldes und des Sonnenwindes seltsam zerfranst und unregelmäßig, und je länger man sie beobachtete, desto umfangreicher und vielgestaltiger schien sie zu sein.

Alvin fragte sich, wohin der Roboter sie brachte. Folgte er einer programmierten Erinnerung, oder gab es im Raum ringsum Leitsignale? Er hatte ihren Zielort ganz der Maschine überlassen, und bald bemerkte er den bleichen Lichtpunkt, auf den sie zuhielten. Er wurde vom Schein des Zentralgestirns überstrahlt und war kaum zu sehen. Im Näherkommen endeckte Alvin dann noch schwächere Lichtpunkte anderer Welten. Ihre Reise näherte sich dem Ende.

Die Welt, auf die sie zusteuerten, war nur noch ein

paar Millionen Meilen entfernt, eine schöne, farbig getönte Kugel. Auf ihrer Oberfläche konnte es keine Nacht geben, denn die der Zentralsonne abgekehrte Hälfte empfing noch reichlich Licht von den anderen Sonnen des Systems. Jetzt verstand Alvin die Bedeutung der letzten Worte des Meisters: »Wie schön ist es, die farbigen Schatten der Welten ewigen Lichtes zu sehen.«

Nun waren sie so nahe, daß sie Kontinente und Ozeane und den feinen Dunstschleier einer Atmosphäre unterscheiden konnten. Gleichwohl hatte die Musterung der Oberfläche etwas Rätselhaftes, und es erforderte noch weitere Annäherung, bis sie erkannten, daß die Trennungslinien zwischen Land und Wasser eigenartig regelmäßig waren. Die Kontinente dieser Welt waren nicht, wie die Natur sie gestaltet hatte — aber wie einfach mußte die Gestaltung einer Welt für jene gewesen sein, die ihre Sonnen geschaffen hatten!

»Das sind keine Ozeane!« rief Theon plötzlich aus. »Schau hin — du kannst Markierungen darin sehen!«

Erst als die Welt noch näher gerückt war, konnte Alvin sehen, was sein Freund meinte. Er bemerkte feine Streifen und Linien entlang den Kontinentalgrenzen, aber ein gutes Stück innerhalb der Flächen, die er für Ozeane gehalten hatte. Dieser Anblick erfüllte ihn mit Panik, denn er kannte die Bedeutung dieser Linien nur zu gut. Er hatte sie schon einmal in der Wüste jenseits von Diaspar gesehen, und sie sagten ihm, daß seine Reise vergeblich gewesen war.

»Diese Welt ist so trocken wie die Erde«, sagte er mit dumpfer Stimme. »Sie hat ihr Wasser verloren — diese Streifen und Linien sind die Salzablagerungen der verdunsteten Meere.«

»Das würden sie niemals zugelassen haben«, entgegnete Theon. »Ich glaube aber, daß sie fort sind; wir sind zu spät gekommen.«

Seine Enttäuschung war so bitter, daß Alvin nichts zu sagen wagte. Schweigend blickte er auf die Welt, die sich nun vor ihnen entfaltete. Mit eindrucksvoller Langsamkeit drehte sie sich unter dem Schiff, und ihre Oberfläche hob sich ihnen majestätisch entgegen. Nun konnten sie Gebäude erkennen — winzige, weiße Verkrustungen überall, außer in den früheren Meeresbecken.

Vielleicht war diese Welt einmal Mittelpunkt des Universums gewesen. Jetzt war sie jedenfalls erstarrt, die Luft war leer, und am Boden war nirgendwo eine Spur von Leben und Bewegung zu erkennen. Doch das Schiff glitt noch immer zielbewußt über Meere und Kontinente hinweg, deren Gebirgsketten sich da und dort zu mächtigen Wällen aufbauten, die den Himmel herausforderten.

Nicht lange, und das Schiff kam zur Ruhe, als hätte der Roboter endlich seine Erinnerungen zu ihrem Ursprung verfolgt. Unter ihnen war eine Säule aus schneeweißem Stein, die sich aus der Mitte eines immensen, marmornen Amphitheaters erhob. Alvin wartete geduldig; dann, als die Maschine bewegungslos verharrte, wies er sie an, zu Füßen der Säule zu landen.

Bis jetzt hatte Alvin die Hoffnung, Leben auf dieser Welt zu finden, nicht ganz aufgegeben. Der Rest von Hoffnung löste sich jedoch in nichts auf, als er die Luftschleuse verließ. Nie zuvor in seinem Leben, nicht einmal in der Verlassenheit Shalmiranes, war er in so vollkommener Stille gewesen. Auf Erden hatte es immer irgendwo das Gemurmel von Stimmen gegeben, das Rascheln und Summen von Lebewesen oder das

Seufzen des Windes. Hier gab es nichts davon, noch würde es je wieder so sein.

Warum die Maschine sie zu diesem Ort gebracht hatte, blieb ein Geheimnis, aber Alvin sagte sich, daß die Ortswahl kaum eine Rolle spiele. Die mächtige, weiße Steinsäule maß vielleicht zwanzig Manneslängen und war eingelassen in einen Ring aus Metall, der sich etwas über die Bodenfläche erhob. Die Säule war ohne äußere Merkmale, und es gab keinen Hinweis auf ihren Zweck. Man konnte vermuten, daß sie einmal den Nullpunkt aller astronomischen Messungen markiert hatte, aber eine Gewißheit gab es nicht.

Dies also, dachte Alvin traurig, war das Ende seiner Suche. Er wußte, daß es nutzlos wäre, die anderen Welten der Sieben Sonnen zu besuchen. Selbst wenn es noch Intelligenz im Universum gab, wo könnte er sie jetzt noch suchen? Er hatte die Sterne wie Staub über dem Himmel gesehen und wußte, daß die restliche Lebenszeit des Universums nicht ausreichen würde, um sie alle zu erforschen.

Auf einmal überwältigte ihn ein Gefühl von Einsamkeit und Bedrückung, wie er sie noch nie zuvor erfahren hatte. Er konnte jetzt die Furcht Diaspars vor den ungeheuren Räumen des Universums verstehen, den Schrecken, der sein Volk im kleinen Mikrokosmos seiner Stadt zusammengedrängt hatte. Es war nicht leicht, zuzugeben, daß sie schließlich recht gehabt hatten.

Er wandte sich Trost suchend zu Theon, aber der stand mit geballten Fäusten, gerunzelter Stirn und einem glasigen Blick in den Augen.

»Was ist los?« fragte Alvin.

Theon starrte unverwandt ins Leere, als er antwortete:

»Es kommt etwas. Ich glaube, wir sollten lieber an Bord zurückkehren.«

Die Galaxis hatte viele Male ihren Mittelpunkt umkreist, seit Vanamonde zum Bewußtsein gelangt war. Er konnte sich an wenig aus diesen ersten Äonen erinnern, und auch nicht an die Geschöpfe, die ihn damals gepflegt hatten — aber er erinnerte sich an seine Verlassenheit, als sie endlich gegangen waren und ihn allein unter den Sternen zurückgelassen hatten. Seitdem war er durch alle Zeitalter von Sonne zu Sonne gewandert, hatte sich langsam entwickelt und seine Kräfte gestärkt. Anfangs hatte er davon geträumt, diejenigen wiederzufinden, die über seine Geburt gewacht hatten, und obwohl der Traum jetzt verblaßt war, hatte er niemals ganz Abschied von ihm genommen.

Auf ungezählte Welten hatte er die Ruinen gefunden, die das Leben zurückgelassen hatte, aber Intelligenz hatte er nur einmal entdeckt — und vor der Schwarzen Sonne war er in Entsetzen geflohen. Aber das Universum war sehr groß, und die Suche hatte kaum begonnen.

Obschon weit entfernt in Raum und Zeit, hatte der unvermittelte Energieausbruch im Herzen der Galaxis Vanamonde über die Lichtjahre hinweg angelockt. Er war ganz unähnlich der Strahlung von Sternen und so plötzlich in seinem Bewußtseinsfeld erschienen wie die Spur eines Meteors in einem wolkenlosen Himmel. Er bewegte sich darauf zu, auf den letzten Augenblick seiner Existenz, streifte unterwegs in der Weise, die er kannte, die toten, unveränderlichen Muster der Vergangenheit ab.

Er kannte diesen Ort, denn er war einmal hier gewesen. Damals war alles leblos, aber jetzt gab es hier Intelligenz. Den langen Metallkörper, der auf der Ebene lag, konnte er nicht verstehen, denn er war ihm so fremd wie beinahe alle Dinge der physikalischen Welt. An ihm haftete noch das Fluidum der Energie, die es durch die Galaxis gezogen hatte, aber das war für ihn jetzt ohne Interesse. Behutsam, mit der feinfühligen Nervosität eines wilden Tieres, das halb zur Flucht bereit ist, streckte er seine Fühler zu den beiden Seelen aus, die er entdeckt hatte.

Und dann wußte er, daß seine lange Suche ein Ende gefunden hatte.

16

Zwei Begegnungen

Wie undenkbar, dachte Rorden, wäre diese Zusammenkunft noch vor ein paar Tagen gewesen. Obwohl er sich im Stand der Ungnade befand, war seine Anwesenheit so offensichtlich notwendig, daß niemand vorgeschlagen hatte, ihn auszuschließen. Die sechs Besucher saßen dem Rat gegenüber, zu beiden Seiten flankiert von den hinzugewählten Mitgliedern, zu denen auch er zählte. Dies bedeutete, daß er ihre Gesichter nicht sehen konnte, aber die Mienen der Gegenübersitzenden waren lehrreich genug.

Es stand außer Zweifel, daß Alvin recht gehabt hatte, und der Rat begriff langsam die unangenehme Wahrheit. Die Delegierten aus Lys konnten beinahe doppelt so schnell denken wie die klügsten Köpfe in Diaspar. Und das war nicht ihr einziger Vorteil, denn sie zeigten auch ein außergewöhnliches Maß an Koordination, das, wie Rorden vermutete, an ihren telepathischen Kräften liegen mußte. Er fragte sich, ob sie die Gedanken der Ratsmitglieder lesen konnten, entschied aber, daß sie die feierliche Versicherung, ohne die diese Begegnung unmöglich gewesen wäre, nicht gebrochen hatten.

Rorden sah keine große Möglichkeit, Fortschritte zu erzielen. Alvin war auf und davon in den Weltraum, und nichts konnte daran etwas ändern. Der Rat, der sich noch nicht ganz mit Lys abgefunden hatte, schien unfähig zu verstehen, was geschehen war. Aber er war offensichtlich in Angst und Unruhe, und Gleiches ließ sich von den meisten der Besucher sagen. Rorden selbst war ruhiger, als er erwartet hatte: Seine Ängste waren noch da, aber er hatte sich ihnen gestellt. Etwas von Alvins unbekümmertem Leichtsinn — oder war es Mut? — hatte seine Betrachtungsweise verändert und ihm neue Horizonte aufgetan.

Die Frage des Ratspräsidenten fand ihn unvorbereitet, aber er antwortete schnell.

»Ich meine«, sagte er, »es ist reiner Zufall, daß diese Situation nicht früher schon entstanden ist. Wir hätten nichts dagegen tun können, denn die Ereignisse waren uns immer voraus.« Jeder wußte, daß er mit »Ereignissen« Alvin meinte, aber es gab keine bissigen Bemerkungen. »Es ist nutzlos, über die Vergangenheit zu streiten: Diaspar und Lys haben Fehler gemacht. Wenn Alvin zurückkehrt, können Sie ihn vielleicht daran hindern, die Erde wieder zu verlassen. Ich glaube aber nicht, daß es Ihnen gelingen wird, denn bis dahin kann er viel dazugelernt haben. Und wenn geschehen ist, was Sie fürchten, dann gibt es nichts, was einer von uns dagegen tun könnte. Die Erde ist hilflos — wie sie es seit Millionen von Jahrhunderten gewesen ist.«

Rorden machte eine Pause und blickte den Tisch entlang. Seine Worte hatten niemanden erfreut, aber das hatte er auch nicht erwartet.

»Trotz alledem sehe ich nicht, warum wir so alarmiert sein sollten. Die Erde ist jetzt in keiner größeren Gefahr, als sie es immer gewesen ist. Warum sollten zwei Jungen in einem kleinen Schiff den Zorn der Eindringlinge über uns bringen? Wenn wir ehrlich mit uns selbst sein wollen, müssen wir zugeben, daß die Eindringlinge unsere Welt längst hätten zerstören können.«

Schockiertes Stillschweigen folgte auf seine Worte. Das war Häresie — aber Rorden bemerkte mit Interesse, daß zwei der Besucher ihm zuzustimmen schienen.

Der Ratspräsident unterbrach seine Rede mit düster gerunzelter Stirn.

»Gibt es nicht eine Überlieferung, nach der die Eindringlinge unsere Erde nur unter der Bedingung verschonen, daß der Mensch nie wieder in den Raum hinausgeht? Und haben wir nicht gegen diese Bedingung verstoßen?«

»Daran glaubte ich auch einmal«, sagte Rorden. »Wir akzeptieren viele Dinge fraglos, und diese Geschichte gehört auch dazu. Aber meine Maschinen und Aufzeichnungen wissen nichts von Legenden, nur von Wahrheit — und es gibt keine historische Aufzeichnung von einem derartigen Abkommen. Ich bin überzeugt, daß ein Vertrag von solcher Bedeutung für die Nachwelt aufgezeichnet und archiviert worden wäre, wie es bei vielen weniger bedeutsamen Angelegenheiten gemacht worden ist.«

Alvin, dachte er, wäre jetzt stolz auf ihn. Es war seltsam, daß er jetzt die Ideen des Jungen verteidigte, die er, wäre Alvin anwesend, womöglich angegriffen hätte. Wenigstens einer von seinen Träumen war verwirklicht worden: Das Verhältnis zwischen Lys und Diaspar war noch immer prekär und unbeständig, aber es war ein Anfang. Wo, fragte er sich, war Alvin jetzt?

Alvin hatte nichts gesehen oder gehört, aber er hielt sich nicht mit Fragen auf. Erst als sich die Luftschleuse hinter ihnen geschlossen hatte, wandte er sich an seinen Freund.

»Was war es?« fragte er ein wenig atemlos.

»Ich weiß nicht: Es war etwas Ungeheures. Ich glaube, es beobachtet uns.«

»Sollen wir verschwinden?«

»Nein. Ich hatte Angst, aber ich glaube nun nicht

mehr, daß es uns schaden wird. Es scheint — interessiert zu sein.«

Alvin war im Begriff, ihm zu antworten, als er von einer Empfindung überwältigt wurde, die anders war als alles, was er bis jetzt gekannt hatte. Eine prickelnde Wärme schien sich durch seinen Körper auszubreiten: Es dauerte nur ein paar Sekunden, aber als sich die Empfindung wieder verlor, war er nicht mehr Alvin von Loronei. Etwas teilte sein Gehirn mit ihm, überlappte es, wie ein Kreis teilweise einen anderen überdecken kann. Er fühlte Theons Bewußtsein ganz in seiner Nähe und in gleicher Weise in das unbekannte Wesen verstrickt, das über sie gekommen war. Das Gefühl war eher sonderbar als unangenehm, und es verschaffte Alvin seine erste Begegnung mit der Telepathie — der Kraft, die innerhalb seiner Rasse so degeneriert war, daß sie nur noch zur Steuerung von Maschinen gebraucht werden konnte.

Alvin hatte rebelliert, als Seranis versucht hatte, seinen Geist zu beherrschen, doch gegen dieses Eindringen wehrte er sich nicht. Es wäre nutzlos gewesen, und er wußte, daß diese Intelligenz, von welcher Art sie auch sein mochte, nicht unfreundlich war. Er entspannte sich vollständig und akzeptierte die Tatsache, daß sein Geist von einer fremden Intelligenz, die unendlich viel größer war als seine eigene, erforscht wurde. Aber mit dieser Annahme hatte er nicht ganz recht.

Vanamonde sah sofort, daß eine dieser beiden Seelen mitfühlender und zugänglicher als die andere war. Er erkannte, daß beide seine Anwesenheit bestaunten, und das überraschte ihn sehr. Es war schwer zu glauben, daß sie vergessen haben konnten. Vergeßlichkeit war, ebenso wie Sterblichkeit, für Vanamonde unbegreiflich.

Die Kommunikation gestaltete sich sehr schwierig: Viele der Vorstellungsbilder in ihren Köpfen waren so seltsam, daß er sie kaum erkannte. Er war verwundert und ein wenig besorgt über die wiederkehrenden Angstmuster im Bewußtsein der Fremden; das erinnerte ihn an seine eigenen Empfindungen, als die Schwarze Sonne in sein Wissensfeld gekommen war.

Aber sie wußten nichts von der Schwarzen Sonne, und nun begannen ihre Fragen in seinem Verstand Gestalt anzunehmen.

»Was bist du?«

Er gab die einzige Antwort, die er wußte.

»Ich bin Vanamonde.«

Darauf gab es eine Pause — wie lang brauchten ihre Denkmuster, bis sie sich gebildet hatten! Und dann wurde die Frage wiederholt. Sie hatten nicht verstanden, das war seltsam, denn sicherlich hatte ihre Art ihm seinen Namen gegeben, sonst wäre er nicht unter den Erinnerungen an seine Geburt. Diese Erinnerungen waren sehr wenige, und sie begannen seltsamerweise an einem einzigen Punkt in der Zeit, aber sie waren kristallklar.

Wieder mühten sich ihre winzigen Gedanken hinauf in sein Bewußtsein.

»Wer waren die Großen — bist du selbst einer von ihnen?«

Er wußte es nicht. Sie konnten es kaum glauben, und ihre Enttäuschung kam scharf und deutlich über den Abgrund, der ihren Verstand von seinem trennte. Aber sie waren geduldig, und er war gern bereit, ihnen zu helfen, denn ihre Suche war die gleiche wie seine, und sie schenkten ihm die erste Gesellschaft, die er je gekannt hatte.

Alvin würde nie wieder eine so seltsame Erfahrung

machen wie dieses geräuschlose Gespräch. Dabei konnte er selbst nicht viel mehr sein als ein Zuschauer und Zuhörer, denn — und das mochte er nicht einmal sich selbst eingestehen — Theons Verstand arbeitete schneller und intensiver als sein eigener. Er konnte nur abwarten und sich wundern, halb betäubt von dem Sturzbach der Gedanken gerade jenseits der Grenzen seines Verstehens.

Nach einiger Zeit brach Theon die Verbindung ab und wandte sich an seinen Freund. Er sah blaß und angestrengt aus.

»Alvin«, sagte er mit müder Stimme, »hier ist etwas Seltsames. Ich verstehe es einfach nicht.«

Die Nachricht war wenig geeignet, Alvins Selbstbewußtsein wiederherzustellen, und seine Gefühle mußten sich in seinem Gesicht widerspiegeln, denn Theon lachte, nicht ohne Mitgefühl.

»Ich komme nicht dahinter, was dieser Vanamonde ist«, fuhr er fort. »Er ist ein Wesen von enormem Wissen, scheint aber wenig Intelligenz zu haben. Natürlich«, fügte er hinzu, »kann sein Verstand so verschieden vom unsrigen sein, daß wir ihn nicht verstehen; aber irgendwie ist das nicht die richtige Erklärung.«

»Also, was hast du erfahren?« fragte Alvin mit einiger Ungeduld. »Weiß er etwas über diesen Ort?«

Theons Gedanken schienen noch immer sehr weit entfernt. »Diese Stadt wurde von vielen Rassen erbaut, einschließlich der unsrigen«, sagte er, halb geistesabwesend. »Er kann mir Informationen wie diese geben, scheint aber ihre Bedeutung nicht zu verstehen. Ich glaube, er ist sich der Vergangenheit bewußt, ohne in der Lage zu sein, sie zu interpretieren. Alles, was je geschehen ist, scheint in seinem Gedächtnis durcheinandergeworfen zu sein.«

Er schwieg nachdenklich; dann hellte sich seine Miene auf.

»Es gibt nur eins: Wir müssen irgendwie Vanamonde mitnehmen und zur Erde zurückbringen, damit unsere Philosophen ihn studieren können.«

»Wäre das sicher?«

»Ja«, antwortete Theon mit Überzeugung. Wie uncharakteristisch war diese Bemerkung seines Freundes! »Vanamonde ist freundlich. Mehr als das, tatsächlich scheint er — beinahe zärtlich zu sein.«

Und ganz plötzlich kam Alvin der Gedanke, der sich die ganze Zeit über am Rande seines Bewußtseins herumgetrieben hatte, klar ins Gesichtsfeld. Er erinnerte sich an Krif und an die anderen kleinen Tiere, die ständig entwischten (»Es wird nicht wieder passieren, Mutter«) und Seranis behelligten. Und er erinnerte sich — wie lang schien das schon zurückzuliegen — an den zoologischen Zweck ihrer Expedition nach Shalmirane.

Theon hatte ein neues Haustier gefunden.

17

Die Schwarze Sonne

Sie landeten zur Mittagszeit in der Waldlichtung von Airlee, diesmal ohne einen Gedanken an Geheimhaltung. Alvin fragte sich, ob in der Menschheitsgeschichte ein Schiff jemals solch eine Fracht zur Erde gebracht hatte — wenn Vanamonde überhaupt im physikalischen Raum des Schiffes war. Während der Reise hatte er kein Zeichen seiner Anwesenheit gegeben: Theon glaubte, und sein Wissen war unmittelbarer, daß nur Vanamondes Aufmerksamkeitssphäre einen räumlichen Ausdruck habe.

Als sie das Schiff verließen, schlossen sich die Türen leise hinter ihnen, und ein plötzlicher Windstoß zerrte an ihren Kleidern. Dann war die Maschine nur noch ein silberner Punkt, der in den Himmel fiel und zu der Welt zurückkehrte, wohin sie gehörte, bis Alvin sie wieder rief.

Seranis erwartete sie, wie Theon gewußt und Alvin vermutet hatte. Sie musterte die Jungen eine Weile schweigend, dann sagte sie zu Alvin:

»Du machst das Leben ziemlich kompliziert für uns, nicht wahr?«

Es war kein Groll in den Worten, eher eine halb humorvolle Resignation und sogar erwachende Zustimmung.

Alvin spürte sofort, was sie meinte.

»Dann ist Vanamonde eingetroffen?«

»Ja, schon vor Stunden. Seit heute früh haben wir mehr über Geschichte gelernt, als wir zu hoffen wagten.«

Alvin sah sie erstaunt an. Dann verstand er: Es war nicht schwierig, sich vorzustellen, welche Wirkung Vanamonde auf diese Leute mit ihren scharfen Wahrnehmungen und ihrer wundervoll ineinandergreifenden geistigen Gemeinschaft hatte. Sie hatten mit überraschender Schnelligkeit reagiert, und er stellte sich vor, wie Vanamonde, vielleicht ein wenig ängstlich, von den wissensdurstigen Geistesarbeitern aus Lys umringt worden war.

»Haben Sie herausgefunden, was er ist?« fragte Alvin.

»Ja. Das war einfach, obwohl wir noch immer nichts über seinen Ursprung wissen. Er ist eine reine Geistigkeit, und sein Wissen scheint unbegrenzt zu sein. Aber er ist kindisch, und ich meine das ganz buchstäblich.«

»Natürlich!« rief Theon. »Das hätte ich mir denken sollen!«

Seranis sah Alvins verständnislosen Blick und erbarmte sich seiner.

»Ich meine, daß Vanamonde zwar ein kolossales Gedächtnis und vielleicht grenzenlose geistige Fähigkeiten hat, aber unreif und unentwickelt ist. Seine tatsächliche Intelligenz ist der eines erwachsenen Menschen unterlegen, obwohl seine Gedankenprozesse viel schneller ablaufen und er sehr rasch lernt.« Sie lächelte ein wenig kläglich. »Er hat auch Kräfte, die wir noch nicht verstehen. Die Gesamtheit der Vergangenheit scheint seinem Geist offen zu sein, in einer Weise, die schwierig zu beschreiben ist. Er muß diese Fähigkeit gebraucht haben, um euch zur Erde zu folgen.«

Alvin stand schweigend, ausnahmsweise überwältigt. Er sah, wie recht Theon gehabt hatte, Vanamonde nach Lys zu bringen. Und er sah, welches Glück er gehabt hatte, Seranis zu überlisten; das würde ihm sicher kein zweites Mal gelingen.

»Meinen Sie«, so fragte er, »daß Vanamonde gerade erst geboren worden ist?«

»Nach seinen Maßstäben, ja. Sein tatsächliches Alter ist sehr hoch, aber anscheinend geringer als das der Menschheit. Das Außerordentliche ist, daß er behauptet, *wir* hätten ihn geschaffen, und es besteht kein Zweifel, daß sein Ursprung mit all den großen Geheimnissen der Vergangenheit verknüpft ist.«

»Was geschieht jetzt mit Vanamonde?« fragte Theon in besorgtem Ton.

»Die Historiker von Grevarn befragen ihn. Sie versuchen die wichtigsten Entwicklungslinien der Vergangenheit aufzuhellen und die historischen Ereignisse in großen Umrissen herauszuarbeiten. Das wird Jahre in Anspruch nehmen. Vanamonde kann die Vergangenheit bis ins Detail beschreiben. Da er aber nicht versteht, was er sieht, ist es sehr schwierig, mit ihm zu arbeiten.«

Alvin fragte sich, woher Seranis das alles wußte; dann begriff er, daß wahrscheinlich jeder wache Verstand in Lys den Fortschritt der großen Forschung verfolgte. »Rorden sollte hier sein«, sagte er, mehr zu sich selbst als zu den anderen. »Ich werde nach Diaspar gehen und ihn holen.« Dann kam ihm noch ein Einfall, und er fügte entschlossen hinzu: »Und Jeserac.«

Rorden hatte niemals einen Wirbelwind gesehen, doch wenn er von einem erfaßt worden wäre, hätte diese Erfahrung etwas Vertrautes für ihn gehabt im Vergleich zu den Geschehnissen, die jetzt auf ihn eindrangen. Es gab Zeiten, da hörte sein Realitätssinn auf zu funktionieren, und das Gefühl, daß alles ein Traum sei, wurde fast übermächtig. Und jetzt war das solch ein Augenblick.

Er schloß die Augen und versuchte sich das vertraute Arbeitszimmer in Diaspar vorzustellen, das einst sowohl Teil seiner Persönlichkeit als auch Barriere gegen die Außenwelt gewesen war. Was würde er gedacht haben, hätte er bei seiner ersten Begegnung mit Alvin in die Zukunft blicken und die Folgen dieses Zusammentreffens sehen können? Aber eins war gewiß, und darauf war er ein wenig stolz: Er hätte sich nicht abgewendet.

Das Boot glitt mit leise schaukelnden Bewegungen, die er recht angenehm fand, langsam über den See. Warum das Dorf Grevarn auf einer kleinen Insel gebaut worden war, konnte er sich nicht vorstellen; es kam ihm ziemlich unpraktisch vor. Es ließ sich nicht leugnen, daß die in verschiedenen Farben getünchten Häuser am Wasser, die im See vor Anker zu liegen schienen, ein Bild beinahe unwirklicher Schönheit abgaben. Das war alles sehr gut, dachte Rorden, aber man konnte nicht das ganze Leben damit verbringen, eine schöne Aussicht zu genießen. Dann wurde ihm klar, daß es genau dies war, was viele von diesen exzentrischen Leuten taten. Exzentrisch oder nicht, sie hatten Köpfe, die er respektieren mußte. Ihm kamen die Gedanken Vanamondes so bedeutungslos vor wie tausend Stimmen, die in einer riesigen, hallenden Höhle durcheinanderriefen. Aber die Gelehrten von Lys konnten sie entwirren und aufzeichnen, um sie dann in Ruhe zu analysieren. Schon wurde die Struktur der Vergangenheit, die als für immer verloren gegolten hatte, in ihren Umrissen sichtbar. Und sie war so seltsam und unerwartet, daß sie kaum noch Ähnlichkeit mit der Geschichte zu haben schien, an die Rorden immer geglaubt hatte.

In ein paar Monaten würde er seinen ersten Bericht

in Diaspar vorlegen können. Obwohl sein Inhalt noch nicht feststand, wußte er, daß er für immer die sterile Isolation seines Volkes beenden würde. Die Schranken zwischen Lys und Diaspar würden verschwinden, sobald ihr Ursprung verstanden wäre, und die kulturellen und genetischen Verbindungen zwischen beiden Völkern würden die Menschheit für kommende Zeitalter stärken. Doch selbst dies schien jetzt nicht mehr als ein Nebenprodukt der großen Erforschung zu sein, die gerade begann. Wenn zutraf, was Vanamonde angedeutet hatte, dann mußte der Horizont der Menschheit nicht nur die Erde umfassen, sondern auch die Sterne und die Galaxien. Aber für diese weiteren Ausblicke war es noch zu früh, um sicher zu sein.

Calitrax, der Nestor der Historiker von Lys, empfing sie am Anlegesteg. Er war ein hochgewachsener, etwas gebeugter Mann, und Rorden wunderte sich, wie es ihm ohne die Hilfe von Meisterassoziatoren gelungen war, in seinem kurzen Leben so viel zu lernen. Daß gerade das Fehlen solcher Maschinen die Ursache der wundervollen Gedächtnisse war, die er in Grevarn angetroffen hatte, kam ihm nicht in den Sinn.

Sie gingen an einem der kleinen Kanäle entlang, die das Leben im Dorf für Fremde so gefährlich machten. Calitrax schien ein wenig geistesabwesend, aber Rorden nahm es ihm nicht übel; er wußte, daß ein Teil seines Verstandes immer noch bei Vanamonde war.

»Konnten Sie sich schon auf eine Datierungsmethode einigen?« fragte Rorden nach einer Weile.

Calitrax besann sich auf seine Gastgeberpflichten und unterbrach den Kontakt mit offensichtlichem Widerwillen.

»Ja«, sagte er. »Es mußte die astronomische Methode sein. Wir meinen, daß sie auf zehntausend Jahre genau ist, sogar wenn wir bis in die Frühzeit zurückgehen. Sie ließe sich wahrscheinlich noch verfeinern, aber auch in ihrer gegenwärtigen Form ist sie gut genug, um die Hauptepochen gegeneinander abzugrenzen.«

»Wie verhält es sich mit den Eindringlingen? Hat Bensor sie lokalisieren können?«

»Nein. Er versuchte es, aber es ist hoffnungslos, nach einer isolierten Periode Ausschau zu halten. Wir gehen jetzt zurück zu den Anfängen der Geschichte und machen dann in regelmäßigen Intervallen Querschnitte. Wenn wir sie durch intelligente Vermutungen miteinander verbinden, können wir später die Einzelheiten einbringen. Wenn Vanamonde nur interpretieren könnte, was er sieht! Wie die Dinge jetzt liegen, müssen wir Massen von irrelevantem Material durcharbeiten.«

»Ich frage mich, was er von der ganzen Sache hält; es muß ihm alles ziemlich verwirrend erscheinen.«

»Ja, das ist wohl richtig. Aber er ist sehr folgsam und freundlich, und ich glaube sogar, daß er glücklich ist, wenn man dieses Wort gebrauchen kann. Theon glaubt es, und die beiden scheinen eine merkwürdige Anziehungskraft aufeinander auszuüben. Ah, da ist Bensor mit den letzten zehn Millionen Jahren Geschichte. Ich werde Sie seiner Obhut übergeben.«

Der Sitzungssaal des Rates in Diaspar hatte sich seit Alvins letztem Besuch kaum verändert, denn die selten benutzte Projektionseinrichtung war so unauffällig, daß man sie leicht übersehen konnte. Am großen Tisch gab es zwei leere Plätze: einer davon war Jeseracs. Aber obwohl er in Lys war, würde Jeserac diese Sitzung verfolgen, wie beinahe alle Welt.

Wenn Rorden sich der Umstände ihrer letzten Sitzung erinnerte, ließ er sie unerwähnt. Aber die Ratsmitglieder erinnerten sich nur zu gut, wie Alvin den zwiespältigen Mienen und Blicken entnehmen konnte. Er fragte sich, was sie wohl denken würden, wenn sie Rordens Geschichte gehört hatten. Schon jetzt, innerhalb weniger Monate, hatte sich die Gegenwart vollkommen verändert — und nun würden sie die ihnen vertraute Vergangenheit verlieren.

Rorden begann mit seinem Bericht. Die Rollsteige und Straßen Diaspars würden jetzt menschenleer sein, die Stadt in erwartungsvoller Stille liegen, wie Alvin es nur einmal zuvor erlebt hatte. Sie wartete, daß der Schleier der Vergangenheit nach — wenn Calitrax recht hatte — mehr als fünfzehnhundert Millionen Jahren gelüftet würde.

Rorden gab einen kurzen Überblick über die bisher als gültig akzeptierte Geschichte der Menschheit — der Geschichte, die Diaspar und Lys immer geglaubt hatten, ohne sie zu hinterfragen. Er sprach von den unbekannten Völkern der Frühzeit, die nichts als eine Handvoll großer Namen und die verblassenden Legenden des Reiches zurückgelassen hatten. Schon damals, so glaubte man, habe die Menschheit nach den Sternen gestrebt und schließlich den Weg zu ihnen gefunden. Über Millionen Jahre habe sie sich über Teile der Galaxis ausgebreitet und ein System nach dem anderen unter ihre Herrschaft gebracht. Dann hatten die Eindringlinge aus der Dunkelheit jenseits der Ränder des bekannten Universums zugeschlagen und ihr alles entrissen, was sie gewonnen hatte.

Der Rückzug zum Sonnensystem war bitter gewesen und mußte sich über Zeitalter erstreckt haben. Die Erde selbst wurde mit knapper Not durch die berühmte Schlacht gerettet, die um Shalmirane getobt hatte. Als alles vorbei war, hatte die Menschheit nur noch ihre Erinnerungen und die Welt, auf der sie entstanden war.

Nach diesem Überblick legte Rorden eine Pause ein, blickte in die Runde und lächelte ein wenig, als sein Blick dem Alvins begegnete.

»Genug der Geschichten, die wir geglaubt haben, seit unsere Aufzeichnungen begannen. Ich muß Ihnen jetzt sagen, daß sie falsch sind — falsch in jeder Hinsicht — so falsch, daß wir sie nicht mit der Wahrheit in Einklang bringen können.«

Er wartete, damit die volle Bedeutung seiner Worte in jedes Bewußtsein eindringen konnte. Dann gab er, langsam und bedächtig sprechend, aber nach den ersten Minuten frei und ohne seine Notizen zu konsultieren, seinen Bericht über die Erkenntnisse, die aus Vanamondes Gedächtnis gewonnen worden waren.

Es traf nicht einmal zu, daß die Menschheit die Sterne erreicht hatte. Ihr gesamtes kleines Reich war von der Umlaufbahn Persephones umgrenzt gewesen, denn der interstellare Raum hatte sich als eine Barriere erwiesen, die zu überwinden jenseits menschlicher Fähigkeiten gewesen war. Die gesamte Zivilisation hatte sich um die Sonne gedreht und war noch immer vergleichsweise jung, als Besucher aus dem Weltraum die Erde erreicht hatten.

Die Wirkung mußte niederschmetternd gewesen sein. Trotz seiner Fehlschläge hatte der Mensch niemals daran gezweifelt, daß er eines Tages die Tiefen des Weltraumes erobern würde. Er hatte auch geglaubt, daß das Weltall vielleicht Lebensformen enthielt, die ihm ebenbürtig waren. Aber jedenfalls keine, die ihm überlegen waren. Nun wußte er, daß beide

Annahmen falsch waren, und daß es im Weltall Intelligenzen gab, die ihm weit überlegen waren. Über viele Jahrhunderte hinweg hatte der Mensch — zuerst in den Schiffen anderer Lebensformen und später in Maschinen, die mit geborgtem Wissen erbaut worden waren — die Galaxis erforscht. Überall hatte er Kulturen angetroffen, die er verstehen, denen er aber nicht gleichkommen konnte, und hier und dort begegnete er Intelligenzen, die gänzlich außerhalb seines Verständnisses blieben.

Der Schock war ungeheuer, aber er erwies sich als heilsam und als ein Ansporn. Ernüchtert und sehr viel weiser war der Mensch zum Sonnensystem zurückgekehrt, um das gewonnene Wissen zu überdenken. Er wollte die Herausforderung annehmen und arbeitete einen Plan aus, der Hoffnung für die Zukunft gab.

In früherer Zeit waren die Naturwissenschaften das Hauptgebiet menschlichen Interesses gewesen. Nun wandte er sich noch entschiedener der Genetik und dem Studium des Geistes zu. Mochten die Kosten noch so hoch sein, er war entschlossen, sich bis an die Grenzen seiner Evolution zu treiben.

Das große Experiment hatte für Millionen von Jahren die gesamten Energien der Rasse in Anspruch genommen. All dieses Streben, alle Opfer und Mühen wurden in Rordens Erzählung nur mit ein paar Sätzen abgehandelt. Das Experiment hatte dem Menschen seine größten Siege gebracht. Er hatte die Krankheit gebannt; er hatte seine Lebensdauer vervielfacht, und in der Beherrschung der Telepathie hatte er die subtilste von allen Fähigkeiten seinem Willen unterworfen.

Er war bereit, aus eigener Kraft wieder hinauszugehen in die weiten Räume der Galaxis. Er würde den Lebensformen ferner Welten, von denen er sich einst zurückgezogen hatte, als Ebenbürtiger begegnen. Und er würde die ihm zukommende Rolle in der Geschichte des Universums spielen.

Dies alles tat er. Aus diesem Zeitalter, dem vielleicht längsten der ganzen Geschichte, stammten die Legenden vom Reich. Es war ein Reich vieler Lebensformen gewesen, aber das war im Laufe des Dramas, in dem es untergegangen war, in Vergessenheit geraten.

Das Reich hatte mindestens eine Milliarde Jahre überdauert. Es mußte viele Krisen, vielleicht auch Kriege gekannt haben, aber sie alle verloren sich im Schwung großer Kulturen, die zusammen zur Reife gelangten.

»Wir können auf die Rolle stolz sein«, fuhr Rorden fort, »die unsere Ahnen in dieser Geschichte spielten. Selbst als sie die Höhe ihrer Kultur erreicht hatten, büßten sie nichts von ihrer Initiative ein. Wir beschäftigen uns jetzt mit Mutmaßungen statt mit erwiesenen Tatsachen, aber es scheint sicher, daß die Experimente, welche zugleich zum ruhmvollen Höhepunkt und zum Zusammenbruch des Reiches führten, von Menschen inspiriert und ausgeführt worden waren.

Die Überlegung, die diesen Experimenten zugrunde lag, scheint folgende gewesen zu sein: Der Kontakt mit anderen Spezies hatte der Menschheit gezeigt, wie tief und unverrückbar das Weltbild einer Lebensform von ihrer physikalischen Gestalt und den Sinnesorganen bestimmt ist, mit denen sie ausgestattet ist. Es wurde argumentiert, daß ein wahres Bild vom Universum, wenn überhaupt, dann nur von einem Geist gewonnen werden könne, der frei von solchen physikalischen Begrenzungen sei — einer reinen Geistigkeit. Diese Idee war schon unter den meisten sehr alten Religionen verbreitet und wurde von vielen als das Ziel der Evolution angesehen.

Auf der Grundlage der Erfahrungen, die er bei seiner eigenen Regeneration gesammelt hatte, schlug der Mensch vor, daß die Erschaffung solcher Wesen versucht werden sollte. Es war die größte Herausforderung der Intelligenz, die das Weltall je gekannt hatte, und nach jahrhundertelanger Debatte wurde der Plan akzeptiert. Alle Lebensformen der Galaxis arbeiteten an seiner Verwirklichung zusammen.

Eine halbe Milliarde Jahre sollte den Traum von der Verwirklichung trennen. Kulturen blühten auf und vergingen, wieder und wieder endeten die Zeitalter überspannenden Bemühungen der Welten im Mißerfolg, aber das Ziel geriet nie in Vergessenheit. Eines Tages werden wir vielleicht die ganze Geschichte dieses Strebens kennenlernen, der größten und anhaltendsten Anstrengung in der gesamten Geschichte. Heute wissen wir nur, daß sie in einer Katastrophe endete, welche die Lebensformen der Galaxis an den Rand des Unterganges brachte.

Vanamondes Geist weigert sich, in diese Periode einzudringen. Es gibt einen schmalen Zeitabschnitt, der ihm verschlossen ist; durch seine eigenen Ängste, glauben wir. An seinem Beginn sehen wir das Reich auf dem Höhepunkt seines Ruhmes, angespannt in der Erwartung des bevorstehenden Erfolges. An seinem Ende, nur wenige tausend Jahre später, ist das Reich zerschlagen, und die Sterne selbst scheinen getrübt, als seien sie ihrer Energie beraubt. Über der Galaxis liegt die Furcht wie ein Leichentuch, eine Furcht, mit der ein Name verbunden ist: »der Verrückte Geist«.

Was in diesem kurzen Zeitabschnitt geschehen sein muß, ist nicht schwer zu erraten. Die reine Mentalität war geschaffen worden, aber sie war entweder wahnsinnig oder, was nach anderen Quellen wahrscheinlicher ist, von unerbittlicher Feindseligkeit gegen Materie. Jahrhundertelang suchte sie die Galaxis heim, bis sie durch Kräfte, von denen wir nichts wissen, unter Kontrolle gebracht worden ist. Von welcher Art die Waffe auch war, die das Reich in seiner höchsten Not gebrauchte, sie verschlang die vorhandenen Hilfsquellen. Aus der Erinnerung an diesen Konflikt entsprangen einige, aber nicht alle Legenden von den Eindringlingen. Aber darüber werde ich nachher noch mehr sagen.

Der Verrückte Geist konnte nicht zerstört werden, denn er war unsterblich. Er wurde zum Rand der Galaxis getrieben und dort in einer Weise eingekerkert, die wir nicht verstehen. Sein Gefängnis war ein seltsamer künstlicher Stern, als die Schwarze Sonne bekannt, und dort ist er bis zum heutigen Tag. Wenn die Schwarze Sonne stirbt, wird er wieder frei sein. Wie weit in der Zukunft dieser Tag liegt, kann niemand wissen.«

18

Renaissance

Im Sitzungssaal war es ganz still. Alvin ließ einen schnellen Blick in die Runde gehen. Die meisten Ratsmitglieder saßen steif auf ihren Stühlen und starrten in tranceähnlicher Unbeweglichkeit zu Rorden. Selbst Alvin, der die Geschichte bereits in Bruchstücken gehört hatte, fand in Rordens Erzählung die Erregung eines neu sich entfaltenden Dramas. Die Wirkung seiner Enthüllungen auf die Ratsmitglieder mußte überwältigend sein.

Rorden fuhr in ruhigem, gedämpftem Tonfall fort, als er die letzten Tage des Reiches beschrieb. Dies war das Zeitalter, hatte Alvin entschieden, in dem er am liebsten gelebt hätte. Damals hatte es Abenteuer gegeben, Gelegenheit zur Bewährung höchsten und unerschrockenen Mutes — des Mutes, der den Zähnen des Unheils noch den Sieg entreißen kann.

»Obwohl die Galaxis vom Verrückten Geist verwüstet worden war, besaß das Reich noch immer enorme Hilfsquellen, und sein Geist war ungebrochen. Mit einem Mut, den wir nur bewundern können, wurde das große Experiment wieder aufgenommen und nach dem Fehler gesucht, der die Katastrophe verursacht hatte. Es gab jetzt natürlich viele, die sich gegen die Arbeit stellten und weitere Katastrophen prophezeiten, aber sie wurden überstimmt. Das Projekt nahm seinen Fortgang und wurde mit dem so bitter erworbenen Wissen zum Erfolg geführt.

Die neue Lebensform, die so entstand, hatte eine potentielle Intelligenz, die nicht gemessen werden konnte. Aber sie war vollkommen infantil: Wir wissen nicht, ob das von ihren Schöpfern erwartet oder gewollt war, doch scheint es, daß sie es für unvermeidlich hielten. Millionen von Jahren wurden benötigt, um diese Lebensform zur Reife zu führen, und nichts konnte diesen Entwicklungsprozeß beschleunigen. Vanamonde war der erste Verteter dieser geistigen Lebensform: Anderswo in der Galaxis muß es noch weitere geben, aber wir glauben, daß nur sehr wenige geschaffen worden sind, weil Vanamonde niemals eines seiner Mitgeschöpfe getroffen hat.

Die Schaffung der reinen Geistigkeit war die größte Leistung der galaktischen Zivilisation: In ihr spielte der Mensch eine bedeutende und vielleicht vorherrschende Rolle. Ich habe keinen Hinweis auf die Erde selbst gegeben, denn ihre Geschichte ist ein zu kleiner Faden, als daß man ihm in dem großen Wandteppich folgen könnte. Da ihr die aktivsten und unternehmendsten Köpfe immer entzogen worden waren, hatte unsere Welt unvermeidlich einen gewissen Konservatismus angenommen und sich schließlich gegen die Wissenschaftler gestellt, die Vanamonde schufen. Sicherlich spielte sie keine Rolle im letzten Akt.

Das Werk des Reiches war nun vollendet; die Menschen jenes Zeitalters sahen sich unter den Sternen um, die sie in ihrer verzweifelten Gefahr geplündert hatten, und trafen die erwartete Entscheidung. Sie würden die Galaxis Vanamonde überlassen.

Die Entscheidung fiel nicht schwer, denn das Reich hatte inzwischen erste Verbindungen mit einer sehr großen und seltsamen Zivilisation weit um die Krümmung des Universums hergestellt. Diese Zivilisation hatte sich, wenn die Andeutungen, die wir haben, zutreffend sind, auf der rein physikalischen Ebene weiter entwickelt, als es bis dahin für möglich gehalten worden war. Es gab, wie es schien, mehr als eine Lösung des Problems höchster Intelligenz. Aber dies können wir nur vermuten; gewiß ist, daß unsere Vorfahren und die anderen am Reich beteiligten Lebensformen innerhalb eines sehr kurzen Zeitraumes eine Völkerwanderung angetreten haben, der wir nicht folgen können. Vanamondes Gedanken scheinen auf den Bereich der Galaxis beschränkt zu sein, aber durch seinen Geist haben wir den Beginn dieses großen Abenteuers beobachtet —«

Ein blasses Gespenst ihrer früheren Pracht, hängt die Welteninsel der Galaxis wie ein sich langsam drehendes Rad im Nichts. In ihrer Länge ist sie von den großen, leeren Spalten durchzogen, die der Verrückte Geist hineingerissen hat — Wunden, die in späteren Zeitaltern von treibenden Sternen geschlossen werden. Aber sie können niemals die vergangene Pracht wiederherstellen.

Der Mensch ist im Begriff, ein Universum zu verlassen, wie er einst seine Welt verließ. Und nicht nur der Mensch, sondern die vielen anderen Lebensformen, die mit ihm an der Schaffung des Reiches gearbeitet haben. Sie sind zusammengekommen, hier, am Rande der Galaxis, deren Stärke zwischen ihnen und dem Ziel liegt, das sie erst nach Zeitaltern erreichen werden.

Die lange Linie von Feuern schießt hinaus ins Universum, springt von Stern zu Stern. In einem Augenblick sind tausend Sonnen gestorben, nähren mit in ihrer Energie die unsichtbare Monstrosität, die entlang der galaktischen Achse angerannt kam und nun in den Abgrund entschwindet . . .

»Was vom Reich übriggeblieben ist, hat die Galaxis verlassen, um anderswo seinem Schicksal zu begegnen.

Wenn seine Erben, die reinen Geistigkeiten, ihre volle Reife erreicht haben werden, wird es vielleicht wiederkehren. Aber dieser Tag muß in weiter Ferne liegen.

Dies ist in ihren Umrissen die Geschichte der galaktischen Zivilisation. Unsere eigene Geschichte, die wir so bedeutsam fanden, ist nicht mehr als eine verspätete Episode, die wir im einzelnen noch nicht untersucht haben. Aber es scheint, als hätten viele der älteren, weniger zu Abenteuern geneigten Lebensformen sich geweigert, ihre Heimatwelten zu verlassen. Unsere direkten Vorfahren waren unter ihnen. Die meisten dieser Überbleibsel konnten sich auf die Dauer nicht halten, verfielen der Dekadenz und Degeneration und sind heute ausgestorben. Wir sind diesem Schicksal bisher mit knapper Not entgangen. In den Jahrhunderten des Übergangs — die in Wirklichkeit Millionen Jahre dauerten — ging das Wissen um die Vergangenheit verloren oder wurde absichtlich zerstört. Das letztere scheint wahrscheinlicher: Wir glauben, daß die Menschheit in abergläubische Barbarei absank, während der sie die Geschichte verzerrte, um sich vom Bewußtsein ihrer Unfähigkeit und ihres Versagens zu befreien. Die Legende von den Eindringlingen ist sicherlich falsch, und die Schlacht von Shalmirane ist ein Mythos. Gewiß, Shalmirane existiert, und es war eine der mächtigsten jemals geschmiedeten Waffen — aber sie wurde gegen keinen intelligenten Feind eingesetzt. In früheren Zeitaltern hatte die Erde einen einzigen, gigantischen Satelliten, den Mond. Als er von der Anziehungskraft der Erde näher und näher herangezogen wurde und herabzustürzen drohte, wurde Shalmirane erbaut, um ihn zu zerstören. Um diese Zerstörung haben sich die Legenden gerankt, die Sie alle kennen, und es gibt viele davon.«

Rorden machte eine Pause und lächelte ein wenig bekümmert.

»Es gibt andere Widersinnigkeiten, die noch nicht aufgelöst worden sind, aber das Problem geht eher den Psychologen als den Historiker an. Selbst meinen Aufzeichnungen kann nicht volles Vertrauen geschenkt werden. Im Licht unserer neuen Erkenntnisse finden sich Hinweise, daß sie in ferner Vergangenheit manipuliert worden sind.

Nur Diaspar und Lys überlebten die Zeit der Dekadenz und des Niederganges – Diaspar dank der Vollkommenheit seiner Maschinen, Lys dank den erhalten gebliebenen natürlichen Lebensgrundlagen und der klugen Anpassungsfähigkeit seiner Bewohner. Aber beide Völker, obwohl sie ein hohes kulturelles Niveau bewahren konnten, waren neurotische Opfer der Mythen und Ängste, die ihnen als Geschichte überliefert und dargestellt worden waren.

Diese Ängste brauchen uns nicht länger zu beunruhigen. Wir haben jetzt entdeckt, daß es zu allen Zeiten Männer gab, die gegen die herrschenden Meinungen rebellierten, ihre Tabus brachen und eine spärliche, immer wieder unterbrochene Verbindung zwischen Diaspar und Lys aufrechterhalten hatten. Nun können die letzten Schranken beseitigt werden, und unsere beiden Völker können gemeinsam in die Zukunft schreiten – was immer sie bringen mag.«

»Ich frage mich, was Yarlan Zey dazu sagen würde«, sagte Rorden. »Ich bezweifle, daß er es billigen würde.«

Der Park hatte sich beträchtlich verändert, bisher leider zum Schlechteren. Aber wenn der Schutt weggeräumt und die Anschlüsse der Rollsteige wiederhergestellt waren, stand der Weg nach Lys allen offen.

»Ich weiß nicht«, erwiderte Alvin. »Obwohl er die Rollsteige schließen ließ, zerstörte er sie nicht, was ihm ein Leichtes gewesen wäre. Eines Tages müssen wir die ganze Geschichte hinter dem Park aufdecken — und hinter Alaine von Lyndar.«

»Ich fürchte, diese Dinge werden noch warten müssen«, sagte Rorden, »bis wichtigere Probleme gelöst sind. Jedenfalls kann ich mir Alaines Denkart ziemlich gut vorstellen: Wir müssen einmal vieles gemeinsam gehabt haben.«

Schweigend gingen sie ein paar hundert Schritte weiter am Rand der großen Ausgrabung entlang. Das Grabmal des Yarlan Zey stand jetzt am Rande eines Abgrundes, auf dessen Boden Dutzende von Robotern an der Arbeit waren.

»Übrigens«, sagte Alvin plötzlich, »wußten Sie, daß Jeserac in Lys bleibt? Ausgerechnet er! Es gefällt ihm dort so gut, daß er nicht zurück will. Das wird natürlich zu einer Vakanz im Rat führen.«

»So ist es«, sagte Rorden in beiläufigem Ton, als habe er nie darüber nachgedacht. Noch vor kurzer Zeit hätte er sich nichts Unwahrscheinlicheres als einen Sitz in der Ratsversammlung vorstellen können; nun war es wohl nur noch eine Frage der Zeit. Und es war noch mit weiteren Rücktritten zu rechnen. Mehrere der älteren Ratsmitglieder hatten sich unfähig gezeigt, mit den neuen Problemen fertig zu werden, vor die sie gestellt wurden.

Durch die lange Allee stiegen sie zum Grabmal hinauf. An ihrem Ende war sie von Alvins Schiff blokkiert, das in dieser vertrauten Umgebung recht seltsam wirkte.

»Da«, meinte Rorden, »ist das tiefste Geheimnis von allen. Wer war der Meister? Woher hatte er dieses Schiff und die drei Roboter?«

»Ich habe darüber nachgedacht«, antwortete Theon. »Wir wissen, daß er von den Sieben Sonnen kam, und dort mag es eine hochstehende Kultur gegeben haben, als die Menschheit auf Erden den Tiefpunkt ihres Niedergangs ereicht hatte. Das Schiff selbst ist offensichtlich ein Werk des Reiches.

Ich glaube, daß der Meister auf der Flucht vor seinen eigenen Leuten war. Vielleicht hatte er Ideen, mit denen sie nicht einverstanden waren: Er war ein Philosoph, und ein ziemlich bedeutender. Er fand unsere Vorfahren freundlich, aber abergläubisch, und versuchte sie zu erziehen, aber sie mißverstanden ihn und entstellten seine Lehren. Die Großen waren nichts weiter als die Männer des Reiches — nur war es nicht die Erde, die sie verlassen hatten, sondern die Galaxis. Die Schüler des Meisters verstanden oder glaubten das nicht, und ihre gesamte Mythologie gründete auf dieser falschen Voraussetzung, ebenso wie ihre Rituale. Eines Tages möchte ich der Geschichte des Meisters nachgehen und herausfinden, warum er versucht hat, seine Vergangenheit zu verbergen. Ich denke, es werden interessante Informationen dabei herauskommen.«

»Wir haben ihm viel zu verdanken«, sagte Rorden, als sie an Bord des Schiffes gingen. »Ohne ihn hätten wir niemals die Wahrheit über die Vergangenheit erfahren haben.«

»Da bin ich nicht so sicher«, widersprach Alvin. »Früher oder später hätte Vanamonde uns entdeckt. Und ich kann mir denken, daß auf Erden noch weitere Schiffe versteckt unter dem Sand liegen; eines Tages möchte ich sie suchen.«

Die Stadt war nun zu weit entfernt, um als Menschenwerk kenntlich zu sein, und die Krümmung des Planeten wurde sichtbar. Bald darauf konnten sie die

Dämmerungslinie sehen, Tausende von Meilen entfernt auf ihrer niemals endenden Wanderung über die Wüste. Über ihnen und um sie her waren die Sterne, noch immer strahlend in funkelnder Pracht, mochten sie auch an Leuchtkraft und Energie eingebüßt haben.

Rorden starrte auf das öde Panorama, das er nie zuvor gesehen hatte. Plötzlich überkam ihn ein verächtlicher Zorn auf die Menschen der Vergangenheit, die alle Schönheit der Erde hatten sterben lassen. Wenn einer von Alvins Träumen sich bewahrheiteten und die großen Umwandlungsanlagen noch existierten, würden nicht viele Jahrhunderte vergehen, ehe die Meeresbecken sich wieder füllten.

Es gab viel zu tun in den Jahren, die vor ihnen lagen. Rorden wußte, daß er zwischen zwei Zeitaltern stand. Er spürte, wie sich der Pulsschlag der Menschheit wieder beschleunigte. Große Probleme waren zu überwinden, und Diaspar würde sich ihnen stellen. Die Neuaufzeichnung der Vergangenheit würde Jahrhunderte in Anspruch nehmen, doch wenn sie abgeschlossen sein würde, hätte die Menschheit alles wiedergewonnen, was sie verloren hatte. Doch im Hintergrund wäre von nun an immer das große Rätsel Vanamonde . . .

Wenn Calitrax' Einschätzung stimmte, hatte Vanamonde sich jetzt rascher entwickelt, als seine Schöpfer erwartet hatten, und die Philosophen von Lys setzten große Hoffnung in eine zukünftige Zusammenarbeit, die sie keinem anderen anvertrauen wollten. Sie hatten eine starke Zuneigung zu dem übermenschlichen und zugleich kindlichen Verstand gefaßt, und vielleicht glaubten sie, die Äonen abkürzen zu können, die seine natürliche Entwicklung benötigt. Aber Rorden wußte, daß Vanamondes eigentliche Bestimmung etwas war, worin der Mensch keine Rolle spielte. Er hatte geträumt — und glaubte an die Wahrheit des Traumes —, daß Vanamonde und der Verrückte Geist sich am Ende aller Tage zwischen den Leichen der Sterne gegenübertreten mußten.

Alvin unterbrach seine Träumerei, und Rorden wandte sich vom Schirm.

»Ich wollte, daß Sie das hier sehen«, sagte Alvin mit leiser Stimme. »Es mag Jahrhunderte dauern, ehe Sie wieder eine Gelegenheit dazu haben.«

»Du willst die Erde verlassen?«

»Nein. Selbst wenn es in dieser Galaxis andere Zivilisationen gibt, ich bezweifle, daß es der Mühe wert wäre, sie zu suchen. Und es gibt hier so viel zu tun —«

Alvin blickte hinab zu den großen Wüsten, aber seine Augen sahen statt ihrer die Wasser, die in tausend Jahren wieder fließen würden. Der Mensch hatte seine Welt wiederentdeckt, und er würde ihre Schönheit wiederherstellen, solange er sie bewohnte. Und danach . . .

»Ich werde dieses Schiff aussenden, damit es dem Reich folge. Es soll herausfinden, wohin es gegangen ist. Die Suche mag Zeitalter beanspruchen, aber der Roboter wird niemals ermüden. Eines Tages werden unsere Vettern meine Botschaft erhalten, und sie werden wissen, daß wir hier auf Erden auf sie warten. Sie werden zurückkehren, und ich hoffe, daß wir bis dahin ihrer würdig sind, mögen sie noch so groß geworden sein.«

Alvin verstummte. Sein Blick ging in die Zukunft, die er geformt hatte, aber vielleicht niemals sehen würde. Während der Mensch seine Heimat wiederaufbaute, würde dieses Schiff die Dunkelheit zwischen den Galaxien durchkreuzen und vielleicht nach Jahrtausenden zurückkehren. Vielleicht würde er da sein, um es zu empfangen, und wenn nicht, war er es auch zufrieden.

Sie waren jetzt über dem Pol, und die Welt unter ihnen war eine beinahe vollkommene Halbkugel. Alvin blickte hinunter zur Grenze von Tag und Nacht und wurde sich bewußt, daß er gleichzeitig Sonnenaufgang und Sonnenuntergang auf den gegenüberliegenden Seiten der Welt sah. Der Symbolismus war so vollkommen, daß er ihn sein Leben lang nicht vergessen sollte.

In diesem Universum wurde es Nacht; die Schatten verlängerten sich gegen einen Osten zu, der keine Morgenröte mehr kennen würde. Aber anderswo waren die Sterne noch jung, und das Licht des Morgens dauerte an: Und eines Tages würde der Mensch wieder den Weg gehen, dem er einst gefolgt war.